हिन्द पॉकेट बुक्स

हमारे राष्ट्रीय विरासत स्थल

हमारे देश में ऐसे अनेक स्थल हैं, जिन्हें राष्ट्रीय अथवा विश्व विरासत स्थलों के रूप में मान्यता मिली हुई है और जो न केवल भारत वरन् सारी दुनिया के लिए अनमोल विरासत हैं। दरअसल यूनेस्को विश्व विरासत स्थल ऐसे खास स्थानों (जैसे वन-क्षेत्र, पर्वत, झील, मरुस्थल, स्मारक, भवन या शहर इत्यादि) को कहा जाता है, जो विश्व विरासत स्थल समिति द्वारा चयनित होते हैं और यही समिति इन स्थलों की देखरेख यूनेस्को के तत्त्वावधान में करती है। इस पुस्तक में ऐसे ही राष्ट्रीय विरासत स्थलों के बारे में बताया गया है, जो हमारे देश की शान हैं। इस पुस्तक को बच्चों एवं किशोरों के लिए तैयार किया गया है, ताकि इसे पढ़कर उन्हें राष्ट्रीय विरासत स्थलों के बारे में संपूर्ण जानकारी प्राप्त हो जाए।

इसके साथ ही इसमें आकर्षक चित्र भी दिए गए हैं और साथ ही आपकी परीक्षा के लिए एक प्रश्नोत्तरी भी, जिसे हल कीजिए और अपने ज्ञान की परीक्षा आप स्वयं कीजिए।

लेखक की अन्य पुस्तकें

- हमारे राष्ट्रीय खेल
- हमारा राष्ट्रीय पुष्प कमल
- हमारा राष्ट्रीय पक्षी मोर
- हमारा राष्ट्रीय गीत
- हमारी राष्ट्रीय संस्कृति वैदिक
- हमारा राष्ट्रीय फल आम
- हमारा राष्ट्रीय चिह्न अशोक चक्र
- हमारा राष्ट्रीय वृक्ष बरगद
- हमारी राष्ट्रीय जलचर डॉल्फिन
- हमारी राष्ट्रीय नदी गंगा
- हमारा राष्ट्रीय ग्रंथ गीता
- हमारे राष्ट्रीय पर्व और दिवस
- हमारे राष्ट्रीय स्मारक
- हमारा राष्ट्रीय ध्वज तिरंगा
- हमारा राष्ट्रीय पशु बाघ
- हमारी राजभाषा हिन्दी
- हमारे नेशनल पार्क
- लोकप्रिय बाल गीत
- हमारे देशभक्ति गीत
- हमारे राष्ट्रीय गीत
- शहीदों के अमर गीत
- महाभारत की कहानियाँ
- पुराणों की कहानियाँ
- रामायण की कहानियाँ
- बेताल पचीसी, दो भागों में
- महापुरुषों का बचपन
- महाराणा प्रताप
- बहादुर बेटी मलाला

सुरुचिपूर्ण एवं प्रेरणादायक सचित्र जानकारियाँ

हमारे राष्ट्रीय विरासत स्थल

तेजपाल सिंह धामा

हिन्द पॉकेट बुक्स
पेंगुइन रैंडम हाउस इम्प्रिंट

हिन्द पॉकेट बुक्स

यूएसए | कनाडा | यूके | आयरलैंड | ऑस्ट्रेलिया | सिंगापुर
न्यू ज़ीलैंड | भारत | दक्षिण अफ़्रीका | चीन

हिन्द पॉकेट बुक्स, पेंगुइन रैंडम हाउस ग्रुप ऑफ़ कम्पनीज़ का हिस्सा है,
जिसका पता global.penguinrandomhouse.com पर मिलेगा

पेंगुइन रैंडम हाउस इंडिया प्रा. लि.,
चौथी मंजिल, कैपिटल टावर -1, एम जी रोड,
गुड़गांव-122002, हरियाणा, भारत

पेंगुइन
रैंडम हाउस
इंडिया

प्रथम हिन्दी संस्करण हिन्द पॉकेट बुक्स द्वारा 2014 में प्रकाशित
यह हिन्दी संस्करण हिन्द पॉकेट बुक्स में पेंगुइन रैंडम हाउस द्वारा 2022 में प्रकाशित

10 9 8 7 6 5 4 3 2

इस पुस्तक में व्यक्त विचार लेखक के अपने हैं, जिनका यथासंभव तथ्यात्मक
सत्यापन किया गया है, और इस संबंध में प्रकाशक एवं सहयोगी
प्रकाशक किसी भी रूप में उत्तरदायी नहीं हैं।

ISBN 9789353491475

मुद्रकः रेप्रो इंडिया लिमिटेड

www.penguin.co.in

FSC www.fsc.org MIX Paper from responsible sources FSC® C047271

क्रम

हमारे राष्ट्रीय विरासत स्थल 7

अजंता गुफाएँ 8

एलोरा गुफाएँ 10

आगरा का किला 11

ताजमहल 14

कोणार्क का सूर्य मंदिर 18

महाबलिपुरम 24

काजीरंगा राष्ट्रीय उद्यान 26

मानस राष्ट्रीय उद्यान 28

केवलादेव राष्ट्रीय उद्यान 29

गोआ वेल्हा 30

खजुराहो 32

महाबोधि मंदिर 35

हम्पी 39

पत्तदकल 40

फतेहपुर सीकरी	42
एलिफेंटा गुफाएँ	45
महान चोल मंदिर	46
विश्व विरासत सुन्दरवन	48
नन्दा देवी बायोस्फियर रिजर्व	50
साँची का स्तूप	52
हुमायूँ का मकबरा	54
कुतुब मीनार	56
भारत की पर्वतीय रेल	58
लाल किला	60
प्रश्नोत्तरी	63

हमारे राष्ट्रीय विरासत स्थल

हमारे देश में ऐसे अनेक स्थान हैं, जो सुन्दरता एवं कला के बेजोड़ नमूने हैं, आज वे हमारे ही नहीं, वरन् पूरी दुनिया के लिए धरोहर हैं। यूनेस्को विश्व विरासत स्थल ऐसे खास स्थानों (जैसे वन-क्षेत्र, पर्वत, झील, मरुस्थल, स्मारक, भवन या शहर इत्यादि) को कहा जाता है, जो विश्व विरासत स्थल समिति द्वारा चयनित होते हैं और यही समिति इन स्थलों की देखरेख यूनेस्को के तत्त्वावधान में करती है।

इस कार्यक्रम का उद्देश्य विश्व के ऐसे स्थलों को चयनित एवं संरक्षित करना होता है, जो विश्व संस्कृति की दृष्टि से मानवता के लिए महत्वपूर्ण हैं। कुछ खास परिस्थितियों में ऐसे स्थलों को इस समिति द्वारा आर्थिक सहायता भी दी जाती है। अब तक पूरी दुनिया में लगभग 851 स्थलों को विश्व विरासत स्थल घोषित किया जा चुका है।

प्रत्येक विरासत स्थल उस देश-विशेष की संपत्ति होता है, जिस देश में वह स्थल स्थित हो, परंतु अंतरराष्ट्रीय समुदाय का हित भी इसी में होता है कि वे आनेवाली पीढ़ियों और मानवता के हित के लिए इनका संरक्षण करें। इनके संरक्षण की पूरी जिम्मेदारी विश्व की समुदाय को होती है।

यदि हम इसके इतिहास की बात करें तो सन् 1959 में, मिस्र की सरकार ने आस्वान बांध बनवाने का निश्चय किया। इससे प्राचीन सभ्यता के अबु सिंबल जैसे अनेक बहुमूल्य रत्नों के खजाने से भरी घाटी का बाढ़ में बह जाना निश्चित था। तब यूनेस्को ने मिस्र और सूड़ान सरकारों से

अपील करने के अलावा, इसके रक्षोपाय हेतु एक विश्वव्यापी अभियान चलाया। इससे यह तय हुआ कि अबु सिंबल और फिले मंदिर को भिन्न पाषाण टुकड़ों में अलग करके, एक ऊँचे स्थान पर ले जाकर पुनः स्थापित किया जाए। इस परियोजना की लागत लगभग 80 मिलियन डॉलर थी, जिसमें से 40 मिलियन डॉलर 50 भिन्न देशों से इकट्ठे किए गए थे। इसे व्यापक तौर पर एक बड़ी सफलता माना गया और फिर तो इससे प्रेरित अन्य अनेक अभियान चले (जैसे वेनिस और उसके लैगून का संरक्षण इटली में, मोहन-जो-दड़ो पाकिस्तान में और इंडोनेशिया में बोरोबोदर मंदिर प्रांगण)। तब यूनेस्को ने अंतरराष्ट्रीय स्मारक और स्थल परिषद के साथ पहल करके एक सम्मेलन किया, जो मानवता के सार्वजनिक सांस्कृतिक धरोहरों का संरक्षण करेगा।

वर्तमान में 851 विश्व विरासत स्थल हैं, जो 142 देशों में स्थित हैं। इनमें से 660 सांस्कृतिक और 25 मिली-जुली सम्पदाएँ हैं तथा शेष अन्य विरासत स्थल हैं।

इस पुस्तक में हम विश्व विरासत के उन्हीं स्थलों पर चर्चा करेंगे, जो भारत में हैं, क्योंकि हमारा मकसद भारत के राष्ट्रीय एवं विश्व विरासत स्थलों को ही अपने पाठकों से रू-ब-रू कराना है।

अजंता गुफाएँ

अजंता गुफाएँ महाराष्ट्र, भारत में स्थित पाषाण कट स्थापत्य गुफाएँ हैं। ये स्थल द्वितीय शताब्दी ई. पू. के हैं। यहाँ बौद्ध धर्म से संबंधित चित्रण एवं शिल्पकारी के उत्कृष्ट नमूने मिलते हैं। इनके साथ ही सजीव चित्रण भी मिलते हैं। ये गुफाएँ अपनी उत्कृष्ट शिल्पकला के लिए आज सारी दुनिया में चर्चित हैं। अजंता गुफाएँ सन् 1983 से यूनेस्को के विश्व विरासत स्थल घोषित हैं।

'नेशनल ज्यॉग्राफिक' के अनुसार, आस्था का बहाव ऐसा था कि ऐसा प्रतीत होता है, जैसे शताब्दियों तक अजंता समेत लगभग सभी बौद्ध मंदिर हिन्दू राजाओं के शासन और आश्रय के अधीन बनवाए गए हों।

घोड़े की नाल के आकार में बनी ये गुफाएँ 8 कि. मी. दूर से स्पष्ट दिखाई देती हैं, जबकि ये घने जंगल से घिरी हैं। ये अजंता गाँव के निकट हैं। यह गाँव महाराष्ट्र के औरंगाबाद शहर से 106 कि.मी. दूर बसा है। इसका निकटतम कस्बा है जलगाँव, जो 60 कि.मी. दूर है, भुसावल 70 कि.मी. दूर है। इस घाटी की तलहटी में पहाड़ी धारा वाघूर बहती है। यहाँ कुल 29 गुफाएँ (भारतीय पुरातात्विक सर्वेक्षण विभाग द्वारा आधिकारिक गणनानुसार) हैं, जो कि नदी द्वारा निर्मित एक प्रपात के दक्षिण में स्थित है। इनकी नदी से ऊँचाई 35 से 110 फीट तक की है।

अजंता का मठ जैसा समूह है, जिसमें कई विहार (मठ आवासीय) एवं चैत्य गृह हैं (स्तूप स्मारक हॉल), जो कि दो चरणों में बने हैं। प्रथम चरण को हीनयान चरण कहा गया है, जो कि बौद्ध धर्म के हीनयान मत से संबंधित है। वस्तुतः हीनयान स्थविरवाद के लिए एक शब्द है, जिसमें बुद्ध का मूर्त रूप से कोई निषेध नहीं है। अजंता की गुफा संख्या 9, 10, 12, 13 15ए (अंतिम गुफा को 1956 में ही खोजा गया और अभी तक संख्या नहीं दी गई है) को इस चरण में खोजा गया था। इन खुदाइयों में बुद्ध को स्तूप या मठ रूप में दर्शित किया गया है। दूसरे चरण की खुदाइयाँ लगभग तीन शताब्दियों की स्थिरता के बाद की गईं। इस चरण को महायान चरण कहा गया, जो बौद्ध धर्म का दूसरा बड़ा धड़ा है, जो कमतर कट्टर है एवं बुद्ध को सीधे गाय आदि रूप में चित्रों या शिल्पों में प्रदर्शित करने की अनुमति देता है।) कई लोग इस चरण को वाकाटक चरण कहते हैं।

एलोरा गुफाएँ

एलोरा या एल्लोरा (मूल नाम वेरुल) महत्वपूर्ण पुरातात्त्विक स्थल है, जो भारत में औरंगाबाद, महाराष्ट्र से 30 कि. मी. (18.6 मील) की दूरी पर स्थित है। इन्हें राष्ट्रकूट वंश के शासकों द्वारा बनवाया गया था। अपनी स्मारक गुफाओं के लिए प्रसिद्ध एलोरा यूनेस्को द्वारा घोषित एक विश्व विरासत स्थल है।

एलोरा भारतीय पाषाण शिल्प स्थापत्य कला का सार है। यहाँ 34 गुफाएँ हैं, जो असल में एक ऊर्ध्वाधर खड़ी चरणाद्रि पर्वत का एक फलक है। इसमें हिन्दू, बौद्ध और जैन गुफा मन्दिर बने हैं। ये पाँचवीं और दसवीं शताब्दी में बने थे। यहां 12 बौद्ध गुफाएं (1-12), 17 हिन्दू गुफाएँ (13-29) और 5 जैन गुफाएँ (30-34) हैं। ये सभी आस-पास बनी हैं,

और अपने निर्माण-काल के धार्मिक सौहार्द को दर्शाती हैं। एलोरा के 34 मठ और मंदिर औरंगाबाद के निकट 2 कि.मी. के क्षेत्र में फैले हैं। इन्हें ऊँची बेसाल्ट की खड़ी चट्टानों की दीवारों को काटकर बनाया गया है। दुर्गम पहाड़ियों वाला एलोरा 600 से 1000 ईस्वी के काल का है। यह प्राचीन भारतीय सभ्यता का जीवंत प्रदर्शन करता है।

आगरा का किला

आगरा का किला विख्यात विश्व विरासत स्थल है, जो कि भारत के उत्तर प्रदेश राज्य के आगरा शहर में स्थित है। इसे लाल किला भी कहा जाता है। इसके लगभग 2.5 कि.मी. उत्तर-पश्चिम में ही, विश्व प्रसिद्ध स्मारक ताजमहल स्थित है। इस किले को चारदीवारी से घिरी प्रासाद (महल) नगरी कहना बेहतर होगा।

यह भारत का सबसे महत्वपूर्ण किला है। भारत के मुगल सम्राट बाबर, हुमायूँ, अकबर, जहाँगीर, शाहजहाँ व औरंगजेब यहाँ रहा करते थे व यहीं से पूरे भारत पर शासन किया करते थे। यहाँ राज्य का सर्वाधिक खजाना,

सम्पत्ति व टकसाल थी। यहाँ विदेशी राजदूत, यात्री व उच्चपदस्थ लोगों का आना-जाना लगा रहता था, जिन्होंने भारत के इतिहास को रचा।

यह मूलतः एक ईंटों का किला था, जो चौहान वंश के राजपूतों के पास था। इसका प्रथम विवरण 1080 ई. में आता है, जब महमूद गजनवी की सेना ने इस पर कब्जा किया था। सिकंदर लोदी (1487-1517) दिल्ली सल्तनत का प्रथम सुल्तान था, जिसने आगरा की यात्रा की व इस किले में रहा था। उसने देश पर यहाँ से शासन किया व आगरा को देश की द्वितीय राजधानी बनाया। उसकी मृत्यु भी इसी किले में 1517 में हुई थी, जिसके बाद उसके पुत्र इब्राहिम लोदी ने नौ वर्षों तक गद्दी संभाली, जब तक कि वो पानीपत के प्रथम युद्ध (1526) में काम नहीं आ गया। उसने अपने काल में यहाँ कई स्थान, मस्जिदें व कुएँ बनवाए।

पानीपत के बाद मुगलों ने इस किले पर भी कब्जा कर लिया, साथ

ही इसकी अगाध सम्पत्ति पर भी। इस सम्पत्ति में ही एक हीरा भी था, जो कि बाद में कोहिनूर हीरे के नाम से प्रसिद्ध हुआ। तब इस किले में इब्राहिम के स्थान पर बाबर आया। उसने यहाँ एक बावली बनवाई। सन् 1530 में यहीं हुमायूँ का राजतिलक भी हुआ। हुमायूँ इसी वर्ष बिलग्राम में शेरशाह सूरी से हार गया व किले पर उसका कब्जा हो गया। इस किले पर अफगानों का कब्जा पाँच वर्षों तक रहा, जिन्हें अन्ततः मुगलों ने 1556 में पानीपत के द्वितीय युद्ध में हरा दिया।

इस किले की केन्द्रीय स्थिति को देखते हुए अकबर ने इसे अपनी राजधानी बनाना निश्चित किया व सन् 1558 में यहाँ आया। उसके इतिहासकार अबुल फजल ने लिखा है, कि यह किला एक ईंटों का किला था, जिसका नाम बादलगढ़ था। यह तब खस्ता हालत में था व अकबर को इसे दोबारा बनवाना पड़ा, जो कि उसने लाल बलुआ पत्थर से निर्मित करवाया। इसकी नींव बड़े वास्तुकारों ने रखी। इसे अंदर से ईंटों से बनवाया गया व बाहरी आवरण हेतु लाल बलुआ पत्थर लगवाया गया। इसके निर्माण में चौदह लाख चवालीस हजार कारीगरों व मजदूरों ने आठ वर्षों तक मेहनत की, तब सन् 1573 में यह बनकर तैयार हुआ।

अकबर के पौत्र शाहजहाँ ने इस स्थल को वर्तमान रूप में पहुँचाया। यह भी मिथक है कि शाहजहाँ ने जब अपनी प्रिय पत्नी के लिए ताजमहल बनवाया, वह प्रयासरत था कि इमारतें श्वेत संगमरमर की बनें, जिनमें सोने व कीमती रत्न जड़े हुए हों। उसने किले के निर्माण के समय कई पुरानी इमारतों व भवनों को तुड़वा भी दिया, जिससे कि किले में उसकी बनवाई इमारतें हों।

अपने जीवन के अंतिम दिनों में शाहजहाँ को उसके पुत्र औरंगजेब ने इसी किले में बंदी बना दिया था, एक ऐसी सजा, जो कि किले के महलों की विलासिता को देखते हुए, उतनी कड़ी नहीं थी। यह भी कहा जाता

है, कि शाहजहाँ की मृत्यु किले के मुसम्मन बुर्ज में, ताजमहल को देखते हुए हुई थी। इस बुर्ज के संगमरमर के झरोखों से ताजमहल का बहुत ही सुंदर दृश्य दिखता है। यह किला 1857 के प्रथम भारतीय स्वतंत्रता-संग्राम के समय युद्ध-स्थली भी बना, जिसके बाद भारत से ब्रिटिश ईस्ट इंडिया कंपनी का राज्य समाप्त हुआ व लगभग एक शताब्दी तक ब्रिटेन का सीधे शासन चला, जिसके बाद सीधे स्वतंत्रता ही मिली।

आगरा के किले को वर्ष 2004 के लिए आगाखाँ वास्तु पुरस्कार दिया गया था व भारतीय डाक विभाग ने 28 नवंबर 2004 को इस महान क्षण की स्मृति में एक डाक-टिकट भी निकाला था।

ताजमहल

ताजमहल भारत के आगरा शहर में स्थित एक विश्व विरासत मकबरा है। इसका निर्माण मुगल सम्राट शाहजहाँ ने अपनी पत्नी मुमताज महल की याद में करवाया था। ताजमहल मुगल वास्तुकला का उत्कृष्ट नमूना

है। इसकी वास्तु-शैली फारसी, तुर्क, भारतीय और इस्लामी वास्तुकला के घटकों का अनोखा सम्मिलन है। सन् 1983 में ताजमहल यूनेस्को विश्व विरासत स्थल बना। इसके साथ ही इसे विश्व विरासत की सर्वत्र प्रशंसा पाने वाली, अत्युत्तम मानवी कृतियों में से एक बताया गया। ताजमहल को भारत की इस्लामी कला का रत्न भी घोषित किया गया है। साधारणतया देखे गए संगमरमर की सिल्लियों की बड़ी-बड़ी पर्तों से ढंककर बनाई गई इमारतों की तरह न बनाकर इसका श्वेत गुम्बद एवं टाइल आकार में संगमरमर से ढंका है। केन्द्र में बना मकबरा अपनी वास्तु-श्रेष्ठता में सौन्दर्य के संयोजन का परिचय देता है। ताजमहल इमारत-समूह की संरचना की खास बात है कि यह पूर्णतया सममितीय है। इसका निर्माण सन् 1648 के लगभग पूर्ण हुआ था। उस्ताद अहमद लाहौरी को प्रायः इसका प्रधान रूपांकनकर्ता माना जाता है।

ताजमहल का केन्द्र-बिंदु है, एक वर्गाकार नींव-आधार पर बना श्वेत संगमरमर का मकबरा। यह एक सममितीय इमारत है, जिसमें एक ईवान यानी अतीव विशाल वक्राकार (मेहराब रूपी) द्वार है। इस इमारत के ऊपर एक वृहत गुम्बद सुशोभित है। अधिकतर मुगल मकबरों की तरह, इसके मूल अवयव फारसी उद्गम से हैं।

इसका मूल आधार एक विशाल बहु-कक्षीय संरचना है। इसका प्रधान कक्ष घनाकार है, जिसका प्रत्येक किनारा 55 मीटर है। लम्बे किनारों पर एक भारी-भरकम पिश्ताक या मेहराबाकार छत वाले कक्ष द्वार हैं। यह ऊपर बने मेहराब वाले छज्जे से सम्मिलित है।

मुख्य मेहराब के दोनों ओर, एक के ऊपर दूसरा शैली में, दोनों ओर दो-दो अतिरिक्त पिश्ताक बने हैं। इसी शैली में, कक्ष के चारों किनारों पर दो-दो पिश्ताक (एक के ऊपर दूसरा) बने हैं। यह रचना इमारत के हर ओर पूर्णतया सममितीय है, जो कि इस इमारत को वर्ग के बजाय अष्टकोण

बनाती है, परंतु कोने की चारों भुजाएँ बाकी चार किनारों से काफी छोटी होने के कारण, इसे वर्गाकार कहना ही उचित होगा। मकबरे के चारों ओर चार मीनारें मूल आधार चौकी के चारों कोनों में, इमारत के दृश्य को एक चौखटे में बांधती प्रतीत होती हैं। मुख्य कक्ष में मुमताज महल एवं शाहजहाँ की नकली कब्रें हैं। ये खूब अलंकृत हैं एवं इनकी असल निचले तल पर स्थित हैं। मकबरे पर सर्वोच्च शोभायमान संगमरमर का गुम्बद इसका सर्वाधिक शानदार भाग है। इसकी ऊँचाई लगभग इमारत के आधार के बराबर, 35 मीटर है, और यह एक 7 मीटर ऊँचे बेलनाकार आधार पर स्थित है। यह अपने आकारानुसार प्रायः प्याज-आकार (अमरूद आकार भी कहा जाता है) का गुम्बद भी कहलाता है। इसका शिखर एक उलटे रखे कमल से अलंकृत है। यह गुम्बद के किनारों को शिखर पर सम्मिलन देता है।

गुम्बद के आकार को इसके चार किनारों पर स्थित चार छोटी गुम्बदाकारी छतरियों से और बल मिलता है। छतरियों के गुम्बद मुख्य गुम्बद के आकार की प्रतिलिपियाँ ही हैं, केवल नाप का फर्क है। इनके स्तम्भाकार आधार छत पर आंतरिक प्रकाश की व्यवस्था हेतु खुले हैं। संगमरमर के ऊँचे सुसज्जित गुलदस्ते, गुम्बद की ऊँचाई को और बल देते हैं। मुख्य गुम्बद के साथ-साथ ही छतरियों एवं गुलदस्तों पर भी कमलाकार शिखर शोभा देता है। गुम्बद एवं छतरियों के शिखर पर परंपरागत फारसी एवं हिंदू वास्तु कला का प्रसिद्ध घटक एक धात्विक कलश किरीट रूप में शोभायमान है। मुख्य गुम्बद के किरीट पर कलश है। यह शिखर कलश आरंभिक 1800 ई. तक स्वर्ण का था, अब यह काँसे का बना है। यह किरीट-कलश फारसी एवं हिन्दू वास्तु-कला के घटकों का एकीकृत संयोजन है। यह हिन्दू मन्दिरों के शिखर पर भी पाया जाता है। इस कलश पर चंद्रमा बना है, जिसकी नोक स्वर्ग की ओर इशारा करती है।

अपने नियोजन के कारण चन्द्रमा एवं कलश की नोक मिलकर एक त्रिशूल का आकार बनाती हैं, जो कि हिन्दू भगवान शिव का चिह्न है। मुख्य आधार के चारों कोनों पर चार विशाल मीनारें स्थित हैं जिनमें से प्रत्येक 40 मीटर ऊँची है। ये मीनारें ताजमहल की बनावट की सममितीय प्रवृत्ति दर्शित करती हैं। ये मीनारें मस्जिद में अजान देने हेतु बनाई जाने वाली मीनारों के समान ही बनाई गई हैं। प्रत्येक मीनार दो-दो छज्जों द्वारा तीन समान भागों में बंटी है। मीनार के ऊपर अंतिम छज्जा है, जिस पर मुख्य इमारत के समान ही छतरी बनी है। इन पर वही कमलाकार आकृति एवं किरीट कलश भी हैं। इन मीनारों में एक खास बात है, ये चारों बाहर की ओर हलकी-सी झुकी हुई हैं, जिससे कि कभी गिरने की स्थिति में, ये बाहर की ओर ही गिरें एवं मुख्य इमारत को कोई क्षति न पहुँच सके।

ताजमहल का बाहरी अलंकरण मुगल वास्तुकला का उत्कृष्टतम उदाहरण है। जैसे ही सतह का क्षेत्रफल बदलता है, बड़े पिश्ताक का क्षेत्र छोटे से अधिक होता है और उसका अलंकरण भी इसी अनुपात में बदलता है। अलंकरण घटक रोगन या गचकारी से अथवा नक्काशी एवं रत्न जड़कर निर्मित हैं।

इस्लाम के मानवतारोपी आकृति के प्रतिबन्ध का पूर्ण पालन किया गया है। अलंकरण केवल सुलेखन, निराकार, ज्यामितीय या पादप रूपांकन से ही किया गया है। ताजमहल में पाए जाने वाले सुलेखन फ्लोरिड थुलुठ लिपि के हैं। ये फारसी लिपिक अमानत खाँ द्वारा सृजित हैं। यह सुलेख जैस्पर को श्वेत संगमरमर के फलकों में जड़कर किया गया है।

संगमरमर के सेनोटैफ पर किया गया कार्य अतीव नाजुक, कोमल एवं महीन है। ऊँचाई का ध्यान रखा गया है। ऊँचे फलकों पर उसी अनुपात में बड़ा लेखन किया गया है, जिससे कि नीचे से देखने पर टेढ़ापन न प्रतीत हो। पूरे क्षेत्र में कुरान की आयतें अलंकरण हेतु प्रयुक्त हुई हैं।

हाल ही में हुए शोधों से ज्ञात हुआ है कि अमानत खाँ ने ही उन आयतों का चुनाव भी किया था।

जैसे ही कोई ताजमहल के द्वार से प्रविष्ट होता है, सुलेख है –

"हे आत्मा! तू ईश्वर के पास विश्राम कर। तू ईश्वर के पास शांति के साथ रहे तथा उसकी परम शांति तुझ पर बरसे।"

कोणार्क का सूर्य मंदिर

कोणार्क का सूर्य मंदिर (जिसे अंग्रेजी में ब्लैक पगोडा भी कहा गया है), भारत के ओडिशा राज्य के पुरी जिले के पुरी नामक शहर में स्थित है। इसे लाल बलुआ पत्थर एवं काले ग्रेनाइट पत्थर से 1236 से 1264 ई. पू. में गंग वंश के राजा नृसिंहदेव द्वारा बनवाया गया था। यह मंदिर भारत के

सबसे प्रसिद्ध स्थलों में से एक है। इसे यूनेस्को द्वारा सन् 1984 में विश्व विरासत स्थल घोषित किया गया था। कलिंग शैली में निर्मित यह मंदिर सूर्य देव (अर्क) के रथ के रूप में निर्मित है। इस को पत्थर पर उत्कृष्ट नक्काशी करके बहुत ही सुंदर बनाया गया है। संपूर्ण मंदिर-स्थल को एक बारह जोड़ी चक्रों वाले, सात घोड़ों से खींचे जाते सूर्य देव के रथ के रूप में बनाया है। मंदिर अपनी कामुक मुद्राओं वाली शिल्पाकृतियों के लिए भी प्रसिद्ध है। आज इसका काफी भाग ध्वस्त हो चुका है। इसका कारण वास्तु-दोष एवं मुस्लिम आक्रमण रहे हैं।

यहाँ सूर्य को बिरंचि-नारायण कहते थे। भारत में वैदिक काल से ही सूर्य की पूजा और आराधना की जाती है, यही कारण है कि यह मंदिर सूर्य भगवान को समर्पित किया गया है। अपने युग में यह मंदिर भारत ही नहीं, विश्व का सबसे सुंदर धर्म-स्थल था। मंदिर की संरचना, जो सूर्य के सात घोड़ों द्वारा दिव्य रथ को खींचने पर आधारित है, परिलक्षित होती है। अब इनमें से एक ही घोड़ा बचा है। इस रथ के पहिए, जो कोण ार्क की पहचान बन गए हैं, बहुत से चित्रों में दिखाई देते हैं। मंदिर के आधार को सुंदरता प्रदान करते ये बारह चक्र साल के बारह महीनों को प्रतिबिंबित करते हैं, जबकि प्रत्येक चक्र आठ अरों से मिलकर बना है, जो कि दिन के आठ पहरों को दर्शाते हैं। मुख्य मंदिर तीन मंडपों में बना है। इनमें से दो मण्डप ढह चुके हैं। तीसरे मंडप में, जहाँ मूर्ति थी, अंग्रेजों ने भारतीय स्वतंत्रता से पूर्व ही रेत व पत्थर भरवा कर सभी द्वारों को स्थायी रूप से बंद करवा दिया था, ताकि वह मंदिर और क्षतिग्रस्त न हो पाए। इस मंदिर में सूर्य भगवान की तीन प्रतिमाएं हैं –

बाल्यावस्था – उदित सूर्य-8 फीट

युवावस्था – मध्याह्न सूर्य-9.5 फीट

प्रौढ़ावस्था – अस्त सूर्य-3.5 फीट

इसके प्रवेश पर दो सिंह हाथियों पर आक्रामक होते हुए रक्षा में तत्पर दिखाए गए हैं। यह सम्भवतः तत्कालीन ब्राह्मण रूपी सिंहों के बौद्ध रूपी हाथियों पर वर्चस्व का प्रतीक है। दोनों हाथी एक-एक मानव के ऊपर स्थापित हैं। ये प्रतिमाएँ एक ही पत्थर की बनी हैं। ये 28 टन की 8.4 फीट लंबी, 4.9 फीट चौड़ी तथा 9.2 फीट ऊँची हैं। मंदिर के दक्षिणी भाग में दो सुसज्जित घोड़े बने हैं, जिन्हें ओडिशा सरकार ने अपने राजचिह्न के रूप में अंगीकार कर लिया है। ये 10 फीट लंबे व 7 फीट चौड़े हैं। मंदिर सूर्य देव की भव्य यात्रा को दिखाता है। इसके प्रवेश-द्वार पर ही नट मंदिर है। यह वह स्थान है, जहाँ मंदिर की नर्तकियाँ सूर्यदेव को अर्पण करने के लिए नृत्य किया करती थीं। पूरे मंदिर में जहाँ-तहाँ फूल-बेल और ज्यामितीय नमूनों की नक्काशी की गई है। इनके साथ ही मानव, देव, गंधर्व, किन्नर आदि की आकृतियाँ भी एन्द्रिक मुद्राओं में दर्शित हैं। इनकी मुद्राएँ कामुक हैं और कामसूत्र से ली गई हैं। मंदिर अब आंशिक रूप से खंडहर में परिवर्तित हो चुका है। यहाँ की शिल्प-कलाकृतियों का एक संग्रह भारतीय पुरातत्व सर्वेक्षण विभाग के सूर्य मंदिर संग्रहालय में सुरक्षित है। महान कवि श्री रवीन्द्रनाथ टैगोर इस मंदिर के बारे में लिखते हैं : "तेरहवीं सदी का मुख्य सूर्य मंदिर एक महान रथ के रूप में बना है, जिसके बारह जोड़ी सुसज्जित पहिये हैं एवं उसे सात घोड़ों द्वारा खींचा जाता है। यह मंदिर भारत के उत्कृष्ट स्मारक-स्थलों में से एक है। यहाँ के स्थापत्य अनुपात-दोषों से रहित एवं आयाम आश्चर्यचकित करने वाले हैं। यहाँ की स्थापत्य-कला वैभव एवं मानवीय निष्ठा का सौहार्दपूर्ण संगम है। मंदिर की प्रत्येक इंच अद्वितीय सुंदरता और शोभा की शिल्पाकृतियों से परिपूर्ण है। इसके विषय भी मोहक हैं। सहस्रों शिल्प-आकृतियाँ भगवानों, देवताओं, गंधर्वों, मानवों, वाद्यकों, प्रेमी युगलों, दरबार की छवियों, शिकार एवं युद्ध के चित्रों से भरी हैं। इनके बीच-बीच में पशु-पक्षियों (लगभग दो हजार

हाथी, केवल मुख्य मंदिर के आधार की पट्टी पर भ्रमण करते हुए) और पौराणिक जीवों के अलावा महीन और पेचीदा बेल-बूटे तथा ज्यामितीय नमूने अलंकृत हैं। उड़िया शिल्पकला की हीरे जैसी उत्कृष्ट गुणवत्ता पूरे परिसर में अलग दिखाई देती है।"

यह मंदिर अपनी कामुक मुद्राओं वाली शिल्पाकृतियों के लिए भी प्रसिद्ध है। इस प्रकार की आकृतियाँ मुख्यतः द्वारमण्डप के द्वितीय स्तर पर मिलती हैं। इस आकृतियों का विषय स्पष्ट किंतु अत्यंत कोमलता एवं लय में संजोकर दिखाया गया है। जीवन का यही दृष्टिकोण कोणार्क के अन्य सभी शिल्प-निर्माणों में भी दिखाई देता है। हजारों मानव, पशु एवं दिव्य लोग इस़ जीवन रूपी मेले में कार्यरत हुए दिखाई देते हैं, जिसमें आकर्षक रूप से एक यथार्थवाद का संगम किया गया है। यह ओडिशा की सर्वोत्तम कृति है। इसकी उत्कृष्ट शिल्प-कला, नक्काशी, एवं पशुओं तथा मानव-आकृतियों का सटीक प्रदर्शन इसे अन्य मंदिरों से कहीं बेहतर सिद्ध करता है।

सूर्य मंदिर भारतीय मंदिरों की कलिंग शैली का है, जिसमें कोणीय अट्टालिका (मीनार रूपी) के ऊपर मण्डप की तरह छतरी ढंकी होती है। आकृति में यह मंदिर ओडिशा के अन्य शिखर मंदिरों से खास भिन्न नहीं लगता। 229 फीट ऊँचा मुख्य गर्भगृह 128 फीट ऊँची नाट्यशाला के साथ ही बना है। इसमें बाहर को निकली हुई अनेक आकृतियाँ हैं। मुख्य गर्भ में प्रधान देवता का वास था, किंतु वह अब ध्वस्त हो चुका है। नाट्यशाला अभी पूरी बची है। नट मंदिर एवं भोग मण्डप के कुछ ही भाग ध्वस्त हुए हैं। मंदिर का मुख्य प्रांगण 857 फीट गुणा 540 फीट का है। यह मंदिर पूर्व-पश्चिम दिशा में बना है। मंदिर प्राकृतिक हरियाली से घिरा हुआ है। इसमें कैजुएरिना एवं अन्य वृक्ष लगे हैं, जो कि रेतीली भूमि पर उग जाते हैं। यहाँ भारतीय पुरातत्व सर्वेक्षण विभाग द्वारा बनवाया उद्यान है।

कोणार्क शब्द कोण और अर्क शब्दों के मेल से बना है। अर्क का अर्थ होता है सूर्य, जबकि कोण से अभिप्राय कोने या किनारे से रहा होगा। कोणार्क का सूर्य मंदिर पुरी के उत्तर पूर्वी किनारे पर समुद्र-तट के करीब निर्मित है।

कई इतिहासकारों का मत है कि कोणार्क मंदिर के निर्माणकर्ता राजा लांगूल नृसिंहदेव की अकाल मृत्यु के कारण मंदिर का निर्माण-कार्य खटाई में पड़ गया। इसके परिणामस्वरूप, अधूरा ढाँचा ध्वस्त हो गया। लेकिन इस मत को ऐतिहासिक आँकड़ों का समर्थन नहीं मिलता। पुरी के मदन पंजी के आंकड़ों के अनुसार और कुछ 1278 ई. के ताम्रपत्रों से, पता चलता है कि राजा लांगूल नृसिंहदेव ने 1282 तक शासन किया। कई इतिहासकार इस मत के भी हैं कि कोणार्क मंदिर का निर्माण 1253 से 1260 ई. के बीच हुआ था। अतएव मंदिर के अपूर्ण निर्माण का इसके ध्वस्त होने का कारण होना तर्कसंगत नहीं है। यह मंदिर अपने वास्तु-दोषों के कारण मात्र 800 वर्षों में ही ध्वस्त हो गया। यह इमारत वास्तु-नियमों के विरुद्ध बनी थी। इसी कारण यह समय से पहले ही ऋग्वेदकाल एवं पाषाण कला का अनुपम उदाहरण होते हुए भी समय से पूर्व धराशायी हो गया। इस मंदिर के मुख्य वास्तु दोष हैं : मंदिर का निर्माण रथ-आकृति होने से पूर्व दिशा एवं आग्नेय एवं ईशान कोण खंडित हो गए।

पूर्व से देखने पर पता लगता है कि ईशान एवं आग्नेय कोणों को काटकर यह वायव्य एवं नैऋत्य कोणों की ओर बढ़ गया है।

प्रधान मंदिर के पूर्वी द्वार के सामने नृत्यशाला है, जिससे पूर्वी द्वार अवरोधित होने के कारण अनुपयोगी सिद्ध होता है।

नैऋत्य कोण में छायादेवी के मंदिर की नींव प्रधानालय से अपेक्षाकृत नीची है। उससे नैऋत्य भाग में मायादेवी का मंदिर और नीचा है।

आग्नेय क्षेत्र में विशाल कुआँ स्थित है।

दक्षिण एवं पूर्व दिशाओं में विशाल द्वार हैं, जिस कारण मंदिर का वैभव एवं ख्याति क्षीण हो गई हैं। कई कथाओं के अनुसार, सूर्य मंदिर के शिखर पर एक चुम्बक पत्थर लगा है। इसके प्रभाव से कोणार्क के समुद्र से गुजरने वाले सागरपोत इस ओर खिंचे चले आते हैं, जिससे उन्हें भारी क्षति हो जाती है। अन्य कथा के अनुसार, इस पत्थर के कारण पोतों के चुम्बकीय दिशा निरूपण यंत्र सही दिशा नहीं बताते। इस कारण अपने पोतों को बचाने हेतु मुस्लिम नाविक इस पत्थर को निकाल ले गए। यह पत्थर एक केन्द्रीय शिला का कार्य कर रहा था, जिससे मंदिर की दीवारों के सभी पत्थर संतुलन में थे। इसके हटने के कारण, मंदिर की दीवारों का संतुलन खो गया और परिणामतः वे गिर पड़ीं। परन्तु इस घटना का कोई ऐतिहासिक विवरण नहीं मिलता, न ही ऐसे किसी चुम्बकीय केन्द्रीय पत्थर के अस्तित्व का कोई ब्योरा उपलब्ध है।

कोणार्क मंदिर के गिरने से संबंधित एक अति महत्त्वपूर्ण सिद्धांत कालापहाड़ से जुड़ा है। ओडिशाके इतिहास के अनुसार कालापहाड़ ने सन् 1508 में यहाँ आक्रमण किया और कोणार्क मंदिर समेत ओडिशा के कई हिन्दू मंदिर ध्वस्त कर दिए। पुरी के जगन्नाथ मंदिर के मदन पंजी बताते हैं कि कैसे कालापहाड़ ने ओडिशा पर हमला किया। कोणार्क मंदिर सहित उसने अधिकतर हिन्दू मंदिरों की प्रतिमाएँ भी ध्वस्त कर दीं। हालाँकि कोणार्क मंदिर की 20-25 फीट मोटी दीवारों को तोड़ना असम्भव था, किंतु उसने किसी प्रकार से दधिनौति (मेहराब की शिला) को हिलाने का उपक्रम कर लिया, जो कि इस मंदिर के गिरने का कारण बना। दधिनौति के हटने के कारण ही मंदिर धीरे-धीरे गिरने लगा और मंदिर की छत से भारी पत्थर गिरने से मूकशाला की छत भी ध्वस्त हो गई। उसने यहाँ की अधिकतर मूर्तियाँ और कोणार्क के अन्य कई मंदिर भी ध्वस्त कर दिए।

इसके बाद 1568 में ओडिशा मुस्लिम नियंत्रण में आ गया। तब भी हिन्दू मंदिरों को तोड़ने के निरंतर प्रयास होते रहे। इस समय पुरी के जगन्नाथ मंदिर के पंडों ने भगवान जगन्नाथ जी की मूर्ति को श्रीमंदिर से हटाकर किसी गुप्त स्थान पर छिपा दिया। इसी प्रकार, कोणार्क के सूर्य मंदिर के पंडों ने प्रधान देवता की मूर्ति को हटा कर, वर्षों तक रेत में दबाकर छिपाए रखा। बाद में, यह मूर्ति पुरी भेज दी गई और वहाँ जगन्नाथ मंदिर के प्रांगण में स्थित इंद्र के मंदिर में रख दी गई। अन्य लोगों के अनुसार, यहाँ की पूजा-मूर्तियाँ अभी भी खोजी जानी बाकी हैं। लेकिन कई लोगों का कहना है कि सूर्य देव की जो मूर्ति नई दिल्ली के राष्ट्रीय संग्रहालय में रखी है, वही कोणार्क की प्रधान पूज्य मूर्ति है।

महाबलिपुरम

मंदिरों का शहर महाबलिपुरम तमिलनाडु की राजधानी चेन्नई से 55 कि. मी. दूर बंगाल की खाड़ी के तट पर स्थित है। प्रारंभ में इस शहर को मामल्लपुरम कहा जाता था। तमिलनाडु का यह प्राचीन शहर अपने भव्य मंदिरों, स्थापत्य और सागर-तटों के लिए बहुत प्रसिद्ध है। सातवीं शताब्दी में यह शहर पल्लव राजाओं की राजधानी था। द्रविड़ वास्तुकला की दृष्टि से यह शहर अग्रणी स्थान रखता है।

'अर्जुन की तपस्या' नामक स्थान सबसे विशाल नक्काशी के लिए लोकप्रिय है। यह 27 मीटर लंबा और 9 मीटर चौड़ा है। इस व्हेल मछली के पीठ के आकार की विशाल शिलाखंड पर ईश्वर, मानव, पशुओं और पक्षियों की आकृतियाँ उकेरी गई हैं। 'अर्जुन की तपस्या' को मात्र महाबलिपुरम या तमिलनाडु का गौरव ही नहीं, बल्कि देश का गौरव माना जाता है।

महाबलिपुरम के तट-मन्दिर को दक्षिण भारत के सबसे प्राचीन मंदिरों में माना जाता है, जिसका संबंध आठवीं शताब्दी से है। यह मंदिर द्रविड़

वास्तुकला का बेहतरीन नमूना है। यहां तीन मंदिर हैं। बीच में भगवान विष्णु का मंदिर है, जिसके दोनों तरफ शिव मंदिर हैं। मंदिर से टकराती सागर की लहरें एक अनोखा दृश्य उपस्थित करती हैं।

महाबलिपुरम के लोकप्रिय रथ दक्षिणी सिरे पर स्थित हैं। महाभारत के पाँच पांडवों के नाम पर इन रथों को पांडव रथ कहा जाता है। पांच में से चार रथों को एकल चट्टान पर उकेरा गया है। द्रौपदी और अर्जुन रथ वर्ग के आकार का है, जबकि भीम रथ रेखीय आकार में है। धर्मराज रथ सबसे ऊँचा है।

कृष्ण मंडपम मंदिर महाबलिपुरम के प्रारंभिक पत्थरों को काटकर बनाए गए मंदिरों में से एक है। मंदिर की दीवारों पर ग्रामीण जीवन की झलक देखी जा सकती है। एक चित्र में भगवान कृष्ण को गोवर्धन पर्वत को उंगली पर उठाए दिखाया गया है।

महाबलिपुरम से 14 कि.मी. दूर चेन्नई-महाबलिपुरम रोड पर क्रोकोडाइल बैंक स्थित है। इसे 1976 में अमेरिका के रोमुलस विटेकर ने स्थापित किया था।

स्थापना के 15 साल बाद यहां मगरमच्छों की संख्या 15 से 5000 हो गई थी। इसके नजदीक ही सांपों का एक फार्म है। गुफाओं की चर्चा करें तो वराह गुफा विष्णु के वराह और वामन अवतार के लिए प्रसिद्ध है। साथ ही, पल्लव के चार मननशील द्वारपालों के पैनल लिए भी वराह गुफा चर्चित है। सातवीं शताब्दी की महिषासुर-मर्दिनी गुफा भी पैनल पर नक्काशियों के लिए खासी लोकप्रिय है।

काजीरंगा राष्ट्रीय उद्यान

काजीरंगा राष्ट्रीय उद्यान एक सींग वाले भारतीय गैंडे का निवास है। यह राष्ट्रीय उद्यान असम का एक प्रसिद्ध राष्ट्रीय उद्यान है, जिसे विश्व विरासत

स्थल का दर्जा मिला है। उद्यान उबड़-खाबड़ मैदानों, आदिवासियों और भयंकर दलदलों से परिपूर्ण कुल 430 वर्ग किलोमीटर में फैला हुआ है।

काजीरंगा राष्ट्रीय उद्यान मध्य असम में 430 वर्ग किलोमीटर के क्षेत्रफल में फैला है। इस उद्यान में एक सींग वाले भारतीय गैंडे (राइनोसेरोस, यूनीकोर्निस) का निवास है। काजीरंगा को वर्ष 1905 में राष्ट्रीय उद्यान घोषित किया गया था। सर्दियों में यहाँ साइबेरिया से कई मेहमान पक्षी भी आते हैं, हालाँकि इस दलदली भूमि का धीरे-धीरे खत्म होते जाना एक गंभीर समस्या है। काजीरंगा में विभिन्न प्रजातियों के बाज, विभिन्न प्रजातियों की चीलें और तोते आदि भी पाए जाते हैं।

इस राष्ट्रीय उद्यान का प्राकृतिक परिवेश वनों से युक्त है, जहाँ बड़ी एलिफेंट ग्रास, मोटे वृक्ष, दलदली स्थान और उथले तालाब हैं। एक सींग वाला गैंडा, हाथी, भारतीय भैंसा, हिरण, सांभर, भालू, बाघ, चीते, सुअर, बिल्ली, जंगली बिल्ली, हॉग बैजर, लंगूर, हुलॉक गिब्बन, भेड़िया, साही, अजगर और अनेक प्रकार की चिड़ियाँ, जैसे पेलीकन, बत्तख, कलहंस, हॉर्नबिल, आइबिस, जलकाक, अगरेट, बगुला, काली गर्दन वाले स्टॉर्क, लेसर एडजुलेंट, रिंगटेल फिशिंग ईगल आदि बड़ी संख्या में पाए जाते हैं।

काजीरंगा राष्ट्रीय उद्यान न केवल भारत में, वरन् पूरे विश्व में एक सींग वाले गैंडे के लिए प्रसिद्ध है। यह केंद्रीय असम में स्थित है। उद्यान ऊबड़-खाबड़ मैदानों, लम्बी-ऊँची घासों, आदिवासियों और भयंकर दलदलों से पूर्ण कुल 430 वर्ग किलोमीटर में फैला हुआ है। यूनेस्को द्वारा घोषित विश्व विरासतों में से एक काजीरंगा राष्ट्रीय उद्यान साल 2005 में 100 वर्ष का हो गया है।

काजीरंगा गुवाहाटी से 250 किलोमीटर पूर्व और जोरहट से 97 किलोमीटर पश्चिम में स्थित है। यहाँ सड़क और हवाई यातायात की सुविधा उपलब्ध है। काजीरंगा जाने के लिए नियमित रूप से राज्य सरकार

की बसें, ट्रैवल एजेंसीज द्वारा चलाई जा रही बसें, टैक्सी आदि भी उपलब्ध हैं। काजीरंगा जाते वक्त मिलने वाले बस-पड़ाव को कोहोरा के नाम से जानते हैं। यहाँ से नजदीकी रेल-सेवा 75 किलोमीटर दूर है।

मानस राष्ट्रीय उद्यान

विश्व विरासत स्थल का दर्जा पाने वाला मानस राष्ट्रीय उद्यान भारत का एक प्रमुख राष्ट्रीय उद्यान है। यह उद्यान असम में स्थित है।

यह उद्यान एक सींग के गैंडे (भारतीय गैंडे) और बारहसिंगे के लिए विशेष रूप से प्रसिद्ध है। यह भूटान की तराई में बोडो क्षेत्रीय परिषद की देखरेख में 950 वर्ग किलोमीटर से भी बड़े इलाके में फैला है, जिसके अंतर्गत 1973 में प्रोजेक्ट टाइगर के तहत स्थापित 840.04 वर्ग किलोमीटर का इलाका मानस व्याघ्र संरक्षित क्षेत्र भी आता है।

इसे 1985 में विश्व विरासत स्थल का दर्जा दिया गया था, लेकिन अस्सी के दशक के अंत और नब्बे के दशक के शुरू में बोडो विद्रोही गतिविधियों के कारण इस उद्यान को 1992 में विश्व विरासत स्थल सूची से हटा लिया गया था।

जून 2011 से यह पुनः यूनेस्को की विश्व विरासत में शामिल कर लिया गया है।

मानस अभयारण्य असम के बारपोटा जिले में स्थित है। मानस अभयारण्य बाघ संरक्षित

क्षेत्र तथा वन्यजीव अभयारण्य है। मानस अभयारण्य में हाथी, चीता, पिगमी सुअर आदि वन्यजीव भी पाए जाते हैं।

केवलादेव राष्ट्रीय उद्यान

विश्व विरासत स्थल घोषित केवलादेव राष्ट्रीय उद्यान या केवलादेव घना राष्ट्रीय उद्यान भारत के राजस्थान में स्थित एक विख्यात पक्षी-अभयारण्य है। इसको पहले भरतपुर पक्षी विहार के नाम से जाना जाता था। इसमें हजारों की संख्या में दुर्लभ और विलुप्त जाति के पक्षी पाए जाते हैं, जैसे साइबेरिया से आए सारस, जो यहाँ सर्दियों के मौसम में आते हैं। 230 प्रजातियों के पक्षियों ने भारत के इस राष्ट्रीय उद्यान में अपना घर बनाया है। अब यह एक बहुत बड़ा पर्यटन-स्थल और केन्द्र बन गया है, जहाँ पर बहुतायत में पक्षी-विज्ञानी शीत ऋतु में आते हैं। इसको 1971 में संरक्षित पक्षी अभयारण्य घोषित किया गया था और बाद में 1985 में इसे विश्व विरासत भी घोषित किया गया है ।

इस पक्षी विहार का निर्माण 250 वर्ष पहले किया गया था और इसका नाम केवलादेव (शिव) मंदिर के नाम पर रखा गया था। यह मंदिर इसी पक्षी विहार में स्थित है। यहाँ प्राकृतिक ढलान होने के कारण अकसर बाढ़ का सामना करना पड़ता था। भरतपुर के शासक महाराज सूरजमल (1726 से 1763) ने यहाँ अजान बाँध का निर्माण करवाया यह बाँध दो नदियों गंभीर और बाणगंगा के संगम पर बनाया गया था। यह उद्यान भरतपुर के महाराजाओं की पसंदीदा शिकारगाह था, जिसकी परम्परा 1850 से भी पहले से थी। यहाँ पर ब्रिटिश वायसराय के सम्मान में पक्षियों के सालाना शिकार का आयोजन होता था। 1938 में करीब 4,273 पक्षियों का शिकार सिर्फ एक ही दिन में किया गया। मेलोर्ड एवं टील जैसे पक्षी बहुतायत में मारे गए। उस समय के भारत के गवर्नर जनरल लिनलिथगो

थे, जिन्होंने अपने सहयोगी विक्टर होप के साथ इन पक्षियों को अपना शिकार बनाया।

गोआ वेल्हा

गोवा के गिरजाघर और कॉन्वेंट यूनेस्को विश्व विरासत स्थल राजधानी पणजी से उत्तर दिशा की ओर 10 कि.मी. तक प्राचीन गोवा स्थित है।

ऐतिहासिक तथा वास्तुकला में समृद्ध यह जगह पुर्तगाली शासन के दौरान गोवा की राजधानी हुआ करती थी। स्थानीय रूप से वेल्हा गोवा के नाम से जाना जाने वाला प्राचीन गोवा पुर्तगालियों के कब्जे से पहले 15वीं शताब्दी में बीजापुर प्रशासन द्वारा बनवाया गया था।

प्राचीन गोवा में आज ज्यादा लोग नहीं रहते। हमेशा से ही ऐसा नहीं था, एक समय यह गोवा की सबसे अधिक जनसंख्या वाली जगह थी, लेकिन 17वीं शताब्दी के दौरान बीमारी व महामारियों ने लोगों को यहाँ से जाने के लिए मजबूर कर दिया था। तब से इस जगह को वेल्हा गोवा कहा जाने लगा, जिसे आज सब पणजी के नोवा गोवा के नाम से जानते हैं।

यदि यहाँ ऐसा कुछ है जो प्राचीन गोवा के गौरव को दर्शाता है, तो वह है, यहाँ बने चर्च। गोवा में असीसी का सेंट फ्रांसिस चर्च पुर्तगालियों

के समय का चर्च है, जो 17वीं शताब्दी में स्थानीय शासकों द्वारा बनवाया गया था तथा इसके आंगन के बीचोंबीच सेंट माइकल की मूर्ति स्थापित है। यहाँ सुशोभित स्तंभों से लेकर सेंट पीटर व सेंट पॉल की मूर्तियों तक हर चीज भव्य है और दूसरे अंतरराष्ट्रीय स्थानों जैसे सेंट पीअर्सबर्ग में भी पाई जाती है। इसमें जरा भी शक नहीं है कि वेल्हा गोवा में धार्मिक मूल्य बहुतायत में हैं।

जो लोग गोवा में छुट्टियाँ मनाने के लिए धार्मिक नजरिए को प्राथमिकता नहीं देते, उन्हें निराश नहीं होना चाहिए, क्योंकि गोवा में रोमांचकारी गतिविधियों का भी भंडार है। शुरुआत करते हैं कृत्रिम कैरेमबोलिम ढील के साथ, जो कि हजारों प्रवासी पक्षियों के लिए एक सुरक्षित स्वर्ग के रूप में उभरकर सामने आ रहा है। पक्षियों की जितनी प्रजातियाँ हैं, उतने ही रंग भी हैं तथा इनमें से कुछ पक्षी यहाँ सदियों से आ रहे हैं। कैरेमबोलिम ढील करमाली रेलवे स्टेशन के बहुत पास है।

16वीं शताब्दी में गोवा के पुर्तगाली शासकों ने अपने प्रचारकों को काम पर लगा दिया और उसके परिणामस्वरूप जो कुछ हुआ, उसे गोवा का क्रिश्चियनाइजेशन (ईसाई धर्म में परिवर्तन) कहा गया। दिवार द्वीप में हिंदुओं के उस समय के अनेक प्रसिद्ध मंदिर स्थित हैं, जहाँ तीर्थयात्री आना पसंद करते थे। दुर्भाग्यवश, मंदिरों के कारण ईसाई धर्म नहीं रह पाया, किंतु दिवार द्वीप आज भी अपने फैले हुए धान के खेतों के साथ बहुत सुंदर जगह है।

खजुराहो

खजुराहो भारत के मध्य प्रदेश प्रान्त में स्थित एक प्रमुख शहर है, जो अपने प्राचीन एवं मध्यकालीन मंदिरों के लिए विश्वविख्यात है। यह मध्य प्रदेश के छतरपुर जिले में स्थित है। खजुराहो को प्राचीन काल में खजूरपुरा और

खजूर वाहिका के नाम से भी जाना जाता था। यहाँ बहुत बड़ी संख्या में प्राचीन हिन्दू और जैन मंदिर हैं। मंदिरों का शहर खजुराहो पूरे विश्व में मुड़े हुए पत्थरों से निर्मित मंदिरों के लिए प्रसिद्ध है। खजुराहो को इसके अलंकृत मंदिरों की वजह से जाना जाता है, जो कि देश के सर्वोत्कृष्ट मध्यकालीन स्मारक हैं। भारत के अलावा दुनिया भर के आगन्तुक और पर्यटक प्रेम के इस अप्रतिम सौंदर्य के प्रतीक को देखने के लिए निरंतर आते रहते हैं। हिन्दू कला और संस्कृति को शिल्पियों ने इस शहर के पत्थरों पर मध्यकाल में उत्कीर्ण किया था। संभोग की विभिन्न कलाओं को इन मंदिरों में बेहद खूबसूरती के उभारा गया है।

खजुराहो का इतिहास लगभग एक हजार साल पुराना है। यह शहर चन्देल साम्राज्य की प्रथम राजधानी था। चन्देल वंश और खजुराहो के संस्थापक चन्द्रवर्मन थे। चन्द्रवर्मन मध्यकाल में बुंदेलखंड में शासन करने वाले राजपूत राजा थे। वे अपने आप को चन्द्रवंशी मानते थे। चंदेल

राजाओं ने दसवीं से बारहवीं शताब्दी तक मध्य भारत में शासन किया। खजुराहो के मंदिरों का निर्माण 950 से 1050 ईस्वीं के बीच इन्हीं चन्देल राजाओं द्वारा किया गया। मंदिरों के निर्माण के बाद चन्देलों ने अपनी राजधानी महोबा स्थानांतरित कर दी। लेकिन इसके बाद भी खजुराहो का महत्त्व बना रहा। मध्यकाल के दरबारी कवि चन्दबरदाई ने पृथ्वीराज रासो के महोबा खंड में चन्देल की उत्पत्ति का वर्णन किया है। उन्होंने लिखा है कि काशी के राजपंडित की पुत्री हेमवती अपूर्व सौंदर्य की स्वामिनी थी। एक दिन वह गर्मियों की रात में कमल-पुष्पों से भरे हुए तालाब में स्नान कर रही थी। उसकी सुंदरता देखकर भगवान चन्द्र उन पर मोहित हो गए। वे मानव रूप धारण कर धरती पर आ गए और हेमवती का हरण कर लिया। दुर्भाग्य से हेमवती विधवा थी। वह एक बच्चे की माँ थी। उन्होंने चन्द्रदेव पर अपना जीवन नष्ट करने और चरित्र-हनन का आरोप लगाया।

अपनी गलती के पश्चात्ताप के लिए चन्द्रदेव ने हेमवती को वचन दिया कि वह एक वीर पुत्र की मां बनेगी। चन्द्रदेव ने कहा कि वह अपने पुत्र को खजूरपुरा ले जाए। उन्होंने कहा कि वह एक महान राजा बनेगा। राजा बनने पर वह बाग और झीलों से घिरे हुए अनेक मंदिरों का निर्माण करवाएगा। चन्द्रदेव ने हेमवती से कहा कि राजा बनने पर तुम्हारा पुत्र एक विशाल यज्ञ का आयोजन करेगा, जिससे तुम्हारे सारे पाप धुल जाएँगे। चन्द्र के निर्देशों का पालन कर हेमवती ने पुत्र को जन्म देने के लिए अपना घर छोड़ दिया और एक छोटे-से गाँव में पुत्र को जन्म दिया।

हेमवती का पुत्र चन्द्रवर्मन अपने पिता के समान तेजस्वी, बहादुर और शक्तिशाली था। सोलह साल की उम्र में वह बिना हथियार के शेर या बाघ को मार सकता था। पुत्र की असाधारण वीरता को देखकर हेमवती ने चन्द्रदेव की आराधना की, जिन्होंने चन्द्रवर्मन को पारस पत्थर भेंट किया

और उसे खजुराहो का राजा बनाया। पारस पत्थर से लोहे को सोने में बदला जा सकता था। चन्द्रवर्मन ने लगातार कई युद्धों में शानदार विजय प्राप्त की। उसने कालिंजर का विशाल किला बनवाया। माँ के कहने पर चन्द्रवर्मन ने तालाबों और उद्यानों से आच्छादित खजुराहो में 85 अद्वितीय मंदिरों का निर्माण करवाया और एक यज्ञ का आयोजन किया, जिसने हेमवती को पापमुक्त कर दिया। चन्द्रवर्मन और उसके उत्तराधिकारियों ने खजुराहो में अनेक मंदिरों का निर्माण करवाया। जब से ब्रिटिश इंजीनियर टी एस बर्ट ने खजुराहो के मंदिरों की खोज की है, तब से मंदिरों के एक विशाल समूह को 'पश्चिमी समूह' के नाम से जाना जाता है। यह खजुराहो के सबसे आकर्षक स्थानों में से एक है। इस स्थान को यूनेस्को ने 1986 में विश्व विरासत की सूची में शामिल किया है। इसका मतलब यह हुआ कि अब सारा विश्व इसकी मरम्मत और देखभाल के लिए उत्तरदायी होगा। शिवसागर के नजदीक स्थित इन पश्चिम समूह के मंदिरों के दर्शन के साथ अपनी यात्रा शुरू करनी चाहिए। एक ऑडियो हैडसेट 50 रुपये में टिकट-बूथ से 500 रुपये जमा करके प्राप्त किया जा सकता है। इसके अलावा दो सौ रुपये से तीन सौ रुपये के बीच आधे या पूरे दिन में चार लोगों के लिए गाइड-सेवाएँ भी ली जा सकती हैं। खजुराहो को साइकिल के माध्यम से अच्छी तरह देखा जा सकता है।

महाबोधि मंदिर

महाबोधि मंदिर मुख्य मंदिर के नाम से भी जाना जाता है। इस मंदिर की बनावट सम्राट अशोक द्वारा स्थापित स्तूप के समान है। इस मंदिर में बुद्ध की एक बहुत बड़ी मूर्ति स्थापित है। यह मूर्ति पद्मासन की मुद्रा में है। यहाँ यह अनुश्रुति प्रचलित है कि यह मूर्ति उसी जगह स्थापित है, जहाँ बुद्ध को बोध (ज्ञान) प्राप्त हुआ था। मंदिर के चारों ओर पत्थर की

नक्काशीदार रेलिंग बनी हुई है। यह रेलिंग ही बोधगया में प्राप्त सबसे पुराना अवशेष है। इस मंदिर परिसर की दक्षिण-पूर्व दिशा में प्राकृतिक दृश्यों से समृद्ध एक पार्क है, जहाँ बौद्ध भिक्षु ध्यान-साधना करते हैं। आम लोग इस पार्क में मंदिर-प्रशासन की अनुमति लेकर ही प्रवेश कर सकते हैं।

इस मंदिर-परिसर में उन सात स्थानों को भी चिह्नित किया गया है जहाँ बुद्ध ने ज्ञान प्राप्ति के बाद सात सप्ताह का समय व्यतीत किया था। जातक कथाओं में उल्लिखित बोधि वृक्ष भी यहाँ है। यह एक विशाल

पीपल का वृक्ष है, जो मुख्य मंदिर के पीछे स्थित है। कहा जाता है, बुद्ध को इसी वृक्ष के नीचे ज्ञान प्राप्त हुआ था। वर्तमान में जो बोधि वृक्ष है, वह उस बोधि वृक्ष की पाँचवीं पीढ़ी है। मंदिर-समूह में सुबह के समय घण्टों की आवाज मन को एक अजीब-सी शांति प्रदान करती है।

मुख्य मंदिर के पीछे बुद्ध की लाल बलुए पत्थर की 7 फीट ऊँची एक मूर्ति है। यह मूर्ति वज्रासन मुद्रा में है। इस मूर्ति के चारों ओर विभिन्न रंगों के पताके लगे हुए हैं, जो इस मूर्ति को एक विशिष्ट आकर्षण प्रदान करते हैं। कहा जाता है कि तीसरी शताब्दी ईसा पूर्व में इसी स्थान पर सम्राट अशोक ने हीरों से बना राजसिंहासन लगवाया था और इसे पृथ्वी का नाभि-केंद्र कहा था। इस मूर्ति के आगे भूरे बलुए पत्थर पर बुद्ध के विशाल पदचिह्न बने हुए हैं। बुद्ध के इन पदचिह्नों को धर्मचक्र प्रर्वतन का प्रतीक माना जाता है।

बुद्ध ने ज्ञान-प्राप्ति के बाद दूसरा सप्ताह इसी बोधि वृक्ष के आगे खड़ी अवस्था में बिताया था। यहाँ पर बुद्ध की इस अवस्था में एक मूर्ति बनी हुई है। इस मूर्ति को अनिमेश-लोचन कहा जाता है। मुख्य मंदिर के उत्तर-पूर्व में अनिमेशलोचन चैत्य बना हुआ है। मुख्य मंदिर का उत्तरी भाग चंकामाना नाम से जाना जाता है। इसी स्थान पर बुद्ध ने ज्ञान-प्राप्ति के बाद तीसरा सप्ताह व्यतीत किया था। अब यहाँ पर काले पत्थर का कमल का फूल बना हुआ है, जो बुद्ध का प्रतीक माना जाता है। महाबोधि मंदिर के उत्तर-पश्चिम भाग में एक छतविहीन भग्नावशेष है, जो रत्नाघारा के नाम से जाना जाता है। इसी स्थान पर बुद्ध ने ज्ञान प्राप्ति के बाद चौथा सप्ताह व्यतीत किया था। दन्तकथाओं के अनुसार बुद्ध यहाँ गहन ध्यान में लीन थे कि उनके शरीर से प्रकाश की एक किरण निकली। प्रकाश के इन्हीं रंगों का उपयोग विभिन्न देशों द्वारा यहाँ लगे अपने पताके में किया गया है।

माना जाता है कि बुद्ध ने मुख्य मंदिर के उत्तरी दरवाजे से थोड़ी दूरी पर स्थित अजपाला-निग्रोधा वृक्ष के नीचे ज्ञान-प्राप्ति के बाद पाँचवाँ सप्ताह व्यतीत किया था। बुद्ध ने छठा सप्ताह महाबोधि मंदिर के दायीं ओर स्थित मूचालिंडा झील के नजदीक व्यतीत किया था। यह झील चारों तरफ से वृक्षों से घिरी हुई है। इस झील के मध्य में बुद्ध की मूर्ति स्थापित है। इस मूर्ति में एक विशाल सांप बुद्ध की रक्षा कर रहा है। इस मूर्ति के संबंध में एक दंतकथा प्रचलित है। इस कथा के अनुसार बुद्ध प्रार्थना में इतने तल्लीन थे कि उन्हें आँधी आने का ध्यान नहीं रहा। बुद्ध जब मूसलाधार बारिश में फँस गए, तो साँपों का राजा मूचालिंडा अपने निवास से बाहर आया और बुद्ध की रक्षा की। इस मंदिर-परिसर के दक्षिण-पूर्व में राजयातना वृक्ष है। बुद्ध ने ज्ञान-प्राप्ति के बाद अपना सातवाँ सप्ताह इसी वृक्ष के नीचे व्यतीत किया था। यहीं बुद्ध दो बर्मी (बर्मा-निवासी) व्यापारियों से मिले थे। इन व्यापारियों ने बुद्ध से आश्रय की प्रार्थना की। इन प्रार्थना के रूप में बुद्धमं शरणं गच्छामि (मैं अपने को भगवान बुद्ध को सौंपता हूँ) का उच्चारण किया। इसी के बाद से यह प्रार्थना प्रसिद्ध हो गई।

तिब्बती मठ (महाबोधि मंदिर के पश्चिम में पाँच मिनट की पैदल दूरी पर स्थित), जो कि बोधगया का सबसे बड़ा और पुराना मठ है, 1934 ई. में बनाया गया था। बर्मी विहार (गया-बोधगया रोड पर निरंजना नदी के तट पर स्थित) 1936 ई. में बना था। इस विहार में दो प्रार्थना-कक्ष हैं। इसके अलावा इसमें बुद्ध की एक विशाल प्रतिमा भी है। इससे सटा हुआ ही थाई मठ है (महाबोधि मंदिर परिसर से 1 किलोमीटर पश्चिम में स्थित)। इस मठ के छत की सोने से कलई की गई है। इस कारण इसे गोल्डन मठ कहा जाता है। इस मठ की स्थापना थाईलैंड के राजपरिवार ने बौद्ध धर्म की स्थापना के 2500 वर्ष पूरे होने के उपलक्ष्य में किया था।

इंडोसन-निप्पन-जापानी मंदिर (महाबोधि मंदिर परिसर से 11.5 किलोमीटर दक्षिण-पश्चिम में स्थित) का निर्माण 1972-73 में हुआ था। इस मंदिर का निर्माण लकड़ी के बने प्राचीन जापानी मंदिरों के आधार पर किया गया है। इस मंदिर में बुद्ध के जीवन में घटी महत्त्वपूर्ण घटनाओं को चित्र के माध्यम से दर्शाया गया है। चीनी मंदिर (महाबोधि मंदिर परिसर के पश्चिम में पाँच मिनट की पैदल दूरी पर स्थित) का निर्माण 1945 ई. में हुआ था।

इस मंदिर में सोने की बनी बुद्ध की एक प्रतिमा स्थापित है। इस मंदिर का पुनर्निर्माण 1997 ई. में किया गया था। जापानी मंदिर के उत्तर में भूटानी मठ स्थित है। इस मठ की दीवारों पर नक्काशी का बेहतरीन काम किया गया है। यहाँ सबसे नया बना मंदिर वियतनामी मंदिर है। यह मंदिर महाबोधि मंदिर के उत्तर में 5 मिनट की पैदल दूरी पर स्थित है। इस मंदिर का निर्माण 2002 ई. में किया गया है। इस मंदिर में बुद्ध के शांति के अवतार अवलोकितेश्वर की मूर्ति स्थापित है।

हम्पी

हम्पी मध्यकालीन हिंदू राज्य विजयनगर साम्राज्य की राजधानी था। तुंगभद्रा नदी के तट पर स्थित यह नगर अब हम्पी (पम्पा से निकला हुआ) नाम से जाना जाता है और अब केवल खंडहरों के रूप में ही अवशिष्ट है। इन्हें देखने से प्रतीत होता है कि किसी समय यहाँ एक स्मृद्धिशाली सभ्यता निवास करती होगी।

भारत के कर्नाटक राज्य में स्थित यह नगर यूनेस्को द्वारा विश्व के विरासत स्थलों की संख्या में शामिल किया गया है। हर साल यहाँ हजारों की संख्या में सैलानी और तीर्थयात्री आते हैं। हम्पी का विशाल फैलाव गोल चट्टानों के टीलों में विस्तृत है। घाटियों और टीलों के बीच पाँच सौ

से भी अधिक स्मारक चिह्न हैं। इनमें मंदिर, महल, तहखाने, जल-खंडहर, पुराने बाजार, शाही मंडप, गढ़, चबूतरे, राजकोष आदि असंख्य इमारतें हैं। हम्पी में विठाला मंदिर परिसर निःसंदेह सबसे शानदार स्मारकों में से एक है।

पत्तदकल

भारत के कर्नाटक राज्य में एक कस्बा है, जो भारतीय स्थापत्य कला की वेसर शैली के आरम्भिक प्रयोगों वाले स्मारक समूह के लिए प्रसिद्ध है। ये मंदिर आठवीं शताब्दी में बनवाए गए थे। यहाँ द्रविड़ (दक्षिण भारतीय) तथा नागर (उत्तर भारतीय या आर्य) दोनों ही शैलियों के मंदिर हैं। पत्तदकल दक्षिण भारत के चालुक्य वंश की राजधानी बादामी से 22 कि.मी. की दूरी पर स्थित है। चालुक्य वंश के राजाओं ने सातवीं और

आठवीं शताब्दी में यहाँ कई मंदिर बनवाए। एहोल को स्थापत्य कला का विद्यालय माना जाता है, बादामी को महाविद्यालय तो पत्तदकल को विश्वविद्यालय कहा जाता है। पत्तदकल शहर उत्तरी कर्नाटक राज्य में बागलकोट जिले में मलयप्रभा नदी के तट पर बसा हुआ है। यह बादामी शहर से 22 कि.मी. एवं ऐहोल शहर से मात्र 10 कि. मी. की दूरी पर है। यहां का निकटतम रेलवे स्टेशन 24 कि.मी. दक्षिण-पश्चिम में बादामी है। इस शहर को कभी किसुवोलाल कहा जाता था, क्योंकि यहाँ का बलुआ पत्थर लाल आभा लिए हुए है।

चालुक्य शैली का उद्‌भव 450 ई. में एहोल में हुआ था। यहाँ वास्तुकारों ने नागर एवं द्रविड़ समेत विभिन्न शैलियों के प्रयोग किए थे। इन शैलियों के संगम से एक अभिन्न शैली का उद्‌भव हुआ। सातवीं शताब्दी के मध्य में यहां चालुक्य राजाओं के राजतिलक होते थे। कालांतर में मंदिर-निर्माण

का स्थल बादामी से पत्तदकल आ गया। यहाँ कुल दस मंदिर हैं, जिनमें एक जैन धर्मशाला भी शामिल है। इन्हें घेरे हुए ढेरों चैत्य, पूजा-स्थल एवं कई अपूर्ण आधारशिलाएँ हैं। यहाँ चार मंदिर द्रविड़ शैली के हैं, चार नागर शैली के और पापनाथ मंदिर मिश्रित शैली का है। पत्तदकल को 1987 में यूनेस्को द्वारा विश्व विरासत स्थल घोषित किया गया था।

यहाँ के बहुत से शिल्प-अवशेष यहाँ बने प्लेन्स के संग्रहालय तथा शिल्प दीर्घा में सुरक्षित रखे हैं। इन संग्रहालयों का अनुरक्षण भारतीय पुरातत्व सर्वेक्षण विभाग करता है। ये भूतनाथ मंदिर मार्ग पर स्थित हैं। इनके अलावा अन्य महत्त्वपूर्ण स्मारकों में अखण्ड एकाश्म स्तंभ, नागनाथ मंदिर, चंद्रशेखर मंदिर एवं महाकुटेश्वर मंदिर भी हैं, जिनमें अनेक शिलालेख हैं। वर्ष के आरंभिक त्रैमास में यहाँ का वार्षिक नृत्योत्सव-आयोजन होता है, जिसे चालुक्य-उत्सव कहते हैं। इस उत्सव का आयोजन पत्तदकल के अलावा बादामी एवं ऐहोल में भी होता है। यह त्रिदिवसीय संगीत एवं नृत्य का संगम कलाप्रेमियों की भीड़ जुटाता है। उत्सव के मंच की पृष्ठभूमि में मंदिर के दृश्य एवं जाने-माने कलाकार इन दिनों यहाँ के इतिहास को जीवंत कर देते हैं।

फतेहपुर सीकरी

फतेहपुर सीकरी एक नगर है, जो कि आगरा जिले का एक नगरपालिका बोर्ड है। यह भारत के उत्तर प्रदेश राज्य में स्थित है। यह यहाँ के मुगल साम्राज्य में अकबर के राज्य में 1571 से 1585 तक आबाद रहा, फिर इसे खाली कर दिया गया, शायद पानी की कमी के कारण। फतेहपुर सीकरी हिंदू और मुस्लिम वास्तुशिल्प के मिश्रण का सबसे अच्छा उदाहरण है। फतेहपुर सीकरी मस्जिद के बारे में कहा जाता है कि यह मक्का की मस्जिद की नकल है और इसके डिजाइन हिंदू और पारसी वास्तुशिल्प से लिए गए हैं।

मस्जिद का प्रवेश द्वार 54 मीटर ऊँचा बुलंद दरवाजा है, जिसका निर्माण 1570 ई. में किया गया था। मस्जिद के उत्तर में शेख सलीम चिश्ती की दरगाह है, जहाँ निःसंतान महिलाएँ दुआ माँगने आती हैं।

आँख-मिचौली, दीवान-ए-खास, बुलंद दरवाजा, पाँच महल, ख्वाबगाह, अनूप तालाब फतेहपुर सीकरी के प्रमुख स्मारक हैं।

मुगल बादशाह बाबर ने राणा सांगा को इसी सीकरी नामक स्थान पर हराया था, जो कि वर्तमान आगरा से 40 कि.मी. है। फिर अकबर ने इसे मुख्यालय बनाने हेतु यहाँ किला बनवाया, परंतु पानी की कमी के कारण राजधानी को आगरा के किले में स्थानांतरित करना पड़ा। आगरा से 37 कि.मी. दूर फतेहपुर सीकरी का निर्माण तत्कालीन परिस्थितियों में किया गया। इस शहर का निर्माण अकबर ने स्वयं अपनी निगरानी में

करवाया था। एक सफल राजा होने के साथ-साथ वह कलाप्रेमी भी था। 1570-1585 तक फतेहपुर सीकरी मुगल साम्राज्य की राजधानी भी रहा। अकबर निःसंतान था। संतान-प्राप्ति के सभी उपाय असफल होने पर उसने सूफी संत शेख सलीम चिश्ती से प्रार्थना की। इसके बाद पुत्र-जन्म से खुश और उत्साहित अकबर ने यहाँ अपनी राजधानी बनाने का निश्चय किया। लेकिन यहाँ उनकी यह राजधानी स्थायी न रह सकी। फतेहपुर सीकरी में अकबर के समय के अनेक भवन, प्रासाद तथा राजसभा के भव्य अवशेष आज भी वर्तमान हैं। यहाँ की सर्वोच्च इमारत बुलंद दरवाजा है, जिसकी ऊँचाई भूमि से 280 फुट है।

52 सीढ़ियों के पश्चात दर्शक दरवाजे के अंदर पहुँचता है। दरवाजे में पुराने जमाने के विशाल किवाड़ ज्यों-के-त्यों लगे हुए हैं। शेख सलीम की मान्यता के लिए अनेक यात्रियों द्वारा किवाड़ों पर लगवाई हुई घोड़े की नालें दिखाई देती हैं। बुलंद दरवाजे को 1602 ई. में अकबर ने अपनी गुजरात-विजय के स्मारक के रूप में बनवाया था। इसी दरवाजे से होकर शेख की दरगाह में प्रवेश करना होता है। बाईं ओर जामा मस्जिद है और सामने शेख का मजार। मजार या समाधि के पास उनके संबंधियों की कब्रें हैं। मस्जिद और मजार के समीप एक घने वृक्ष की छाया में एक छोटा संगमरमर का सरोवर है। मस्जिद में एक स्थान पर एक विचित्र प्रकार का पत्थर लगा है, जिसको थपथपाने से नगाड़े की ध्वनि-सी होती है।

मस्जिद पर सुंदर नक्काशी है। शेख सलीम की समाधि संगमरमर की बनी है। इसके चतुर्दिक पत्थर के बहुत बारीक काम की सुंदर जाली लगी है, जो अनेक आकार-प्रकार की बड़ी ही मनमोहक दिखाई पड़ती है। यह जाली कुछ दूर से देखने पर जालीदार श्वेत रेशमी वस्त्र की भाँति दिखाई देती है।

एलिफेंटा गुफाएँ

एलिफेंटा भारत में मुम्बई के गेट वे आफ इण्डिया से लगभग 12 किलोमीटर दूर स्थित एक स्थल है, जो अपनी कलात्मक गुफाओं के कारण प्रसिद्ध है। यहाँ कुल सात गुफाएँ हैं। मुख्य गुफा में 26 स्तंभ हैं, जिसमें शिव को कई रूपों में उकेरा गया है। पहाड़ियों को काटकर बनाई गई ये मूर्तियाँ दक्षिण भारतीय मूर्तिकला से प्रेरित हैं। इसका ऐतिहासिक नाम घारपुरी है। यह इसके मूल नाम अग्रहारपुरी से निकला हुआ है। एलिफेंटा नाम पुर्तगालियों द्वारा यहाँ पर बने पत्थर के हाथी के कारण दिया गया था। यहाँ हिन्दू धर्म के अनेक देवी-देवताओं की मूर्तियाँ हैं। ये मंदिर पहाड़ियों को काटकर बनाए गए हैं। यहाँ भगवान शंकर की नौ बड़ी-बड़ी मूर्तियाँ हैं, जो शंकर जी के विभिन्न रूपों तथा क्रियाओं को दिखाती हैं। इनमें शिव की त्रिमूर्ति प्रतिमा सबसे आकर्षक है। यह मूर्ति 23 या 24 फीट लम्बी तथा 17 फीट ऊँची है। इस मूर्ति में भगवान शंकर के तीन रूपों

का चित्रण किया गया है। इस मूर्ति में शंकर भगवान के मुख पर अपूर्व गम्भीरता दिखती है।

दूसरी मूर्ति शिव के पंचमुखी परमेश्वर रूप की है, जिसमें शांति तथा सौम्यता का राज्य है। एक अन्य मूर्ति शंकर जी के अर्धनारीश्वर रूप की है, जिसमें दर्शन तथा कला का सुन्दर समन्वय किया गया है। इस प्रतिमा में पुरुष तथा प्रकृति की दो महान शक्तियों को मिला दिया गया है। इसमें शंकर तनकर खड़े दिखाए गए हैं तथा उनका हाथ अभय मुद्रा में दिखाया गया है। उनकी जटा से गंगा, यमुना और सरस्वती की त्रिधारा बहती हुई चित्रित की गई है। एक मूर्ति सदाशिव की चौमुखी में गोलाकार है। यहाँ पर शिव के भैरव रूप का भी सुन्दर चित्रण किया गया है तथा तांडव नृत्य की मुद्रा में भी शिव भगवान को दिखाया गया है। इस दृश्य में गति एवं अभिनय है। इसी कारण अनेक लोगों के विचार से एलिफेंटा की मूर्तियाँ सबसे अच्छी तथा विशिष्ट मानी गई हैं। यहाँ पर शिव एवं पार्वती के विवाह का भी सुन्दर चित्रण किया गया है। 1987 में यूनेस्को द्वारा एलिफेंटा गुफाओं को विश्व विरासत घोषित किया गया है।

यह पाषाण-शिल्पित मंदिर-समूह लगभग 6,000 वर्ग फीट के क्षेत्र में फैला है, जिसमें मुख्य कक्ष, दो पार्श्व कक्ष, प्रांगण व दो गौण मंदिर हैं। इन भव्य गुफाओं में सुंदर उभाराकृतियाँ, शिल्पाकृतियाँ हैं व साथ ही हिन्दू भगवान शिव को समर्पित एक मंदिर भी है। ये गुफाएँ ठोस पाषाण से काटकर बनाई गई हैं। ये गुफाएँ नौवीं शताब्दी से तेरहवीं शताब्दी तक के सिल्हारा वंश के राजाओं द्वारा निर्मित बताई जाती हैं। कई शिल्पाकृतियाँ मान्यखेत के राष्ट्रकूट वंश द्वारा बनवाई हुई हैं (वर्तमान कर्नाटक में)।

महान चोल मंदिर

बृहदेश्वर मन्दिर को यूनेस्को द्वारा 1987 में विश्व विरासत स्थल घोषित

किया गया था। ऐरावतेश्वर मन्दिर, दारासुरम को सन् 2004 में इस सूची में जोड़ा गया था। इस स्थल को अब महान जीवित चोल मन्दिर नाम दिया गया है।

बृहदेश्वर अथवा बृहदीश्वर मन्दिर तमिलनाडु के तंजौर में स्थित एक हिंदू मंदिर है, जो 11वीं सदी के आरम्भ में बनाया गया था। इसे तमिल भाषा में बृहदीश्वर के नाम से जाना जाता है। इसका निर्माण 1003-1010 ई. के बीच चोल शासक राजाराज चोल 1 ने करवाया था। उनके नाम पर इसे राजराजेश्वर मन्दिर का नाम भी दिया जाता है। यह अपने समय की विश्व की विशालतम संरचनाओं में गिना जाता था। इसके तेरह

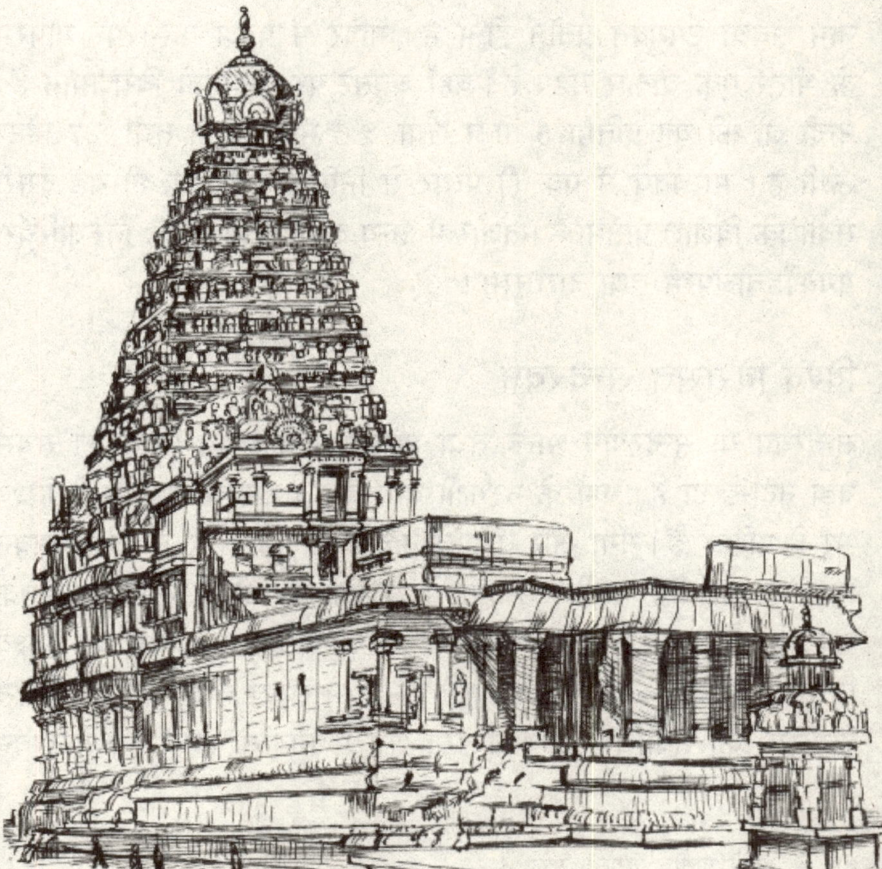

(13) मंजिलें भवन (सभी हिंदू अधिस्थापनाओं में मंजिलों की संख्या विषम होती है) की ऊँचाई लगभग 66 मीटर है। मंदिर भगवान शिव की आराधना को समर्पित है। यह कला की प्रत्येक शाखा – वास्तुकला, पाषाण व ताम्र में शिल्पांकन, प्रतिमा-विज्ञान, चित्रांकन, नृत्य, संगीत, आभूषण एवं उत्कीर्ण-कला का भंडार है। यह मंदिर उत्कीर्ण संस्कृत व तमिल पुरालेख सुलेखों का उत्कृष्ट उदाहरण है। इस मंदिर की निर्माण-कला की एक विशेषता यह है कि इसके गुंबद की परछाई पृथ्वी पर नहीं पड़ती। शिखर पर स्वर्णकलश स्थित है। जिस पाषाण पर यह कलश स्थित है, अनुमानतः उसका भार 2200 मन (80 टन) है और यह एक ही पाषाण से बना है। मंदिर में स्थापित विशाल, भव्य शिवलिंग को देखने पर उनका वृहदेश्वर नाम सर्वथा उपयुक्त प्रतीत होता है। मंदिर में प्रवेश करने पर गोपुरम् के भीतर एक चौकोर मंडप है। वहाँ चबूतरे पर नन्दी जी विराजमान हैं। नन्दी जी की यह प्रतिमा 6 मीटर लंबी, 2.6 मीटर चौड़ी तथा 3.7 मीटर ऊंची है। भारतवर्ष में एक ही पत्थर से निर्मित नन्दी जी की यह दूसरी सर्वाधिक विशाल प्रतिमा है। तंजौर में अन्य दर्शनीय मंदिर हैं : तिरुवोरियुर, गंगैकोंडचोलपुरम तथा दारासुरम्।

विश्व विरासत सुन्दरवन

सुन्दरवन या सुन्दरबोन भारत तथा बांग्लादेश में स्थित विश्व का सबसे बड़ा नदी-डेल्टा है। यहाँ के नरभक्षी बाघ बंगाल टाइगर के नाम से विश्व भर में प्रसिद्ध हैं। गंगा और ब्रह्मपुत्र नदियों के मुहाने पर स्थित सुन्दरवन विश्व के दर्शनीय राष्ट्रीय उद्यानों में से एक है। अपने अनूठे प्राकृतिक सौन्दर्य और भरपूर वन्य जीवन के लिए प्रसिद्ध सुन्दरवन को विश्व विरासत का दर्जा दिया गया है। पूरी दुनिया में रॉयल बंगाल टाइगर (पैंथरा टिगरिस) की सर्वाधिक आबादी इसी क्षेत्र में निवास करती है। सुन्दरवन

की सन-हरियाली, अपार जलराशि से घिरे द्वीप-समूह और डेल्टाई मिट्टी कुदरत की अनूठी कारीगरी को रूपांकित करती है।

पश्चिमी बंगाल के दक्षिणी छोर पर स्थित सुन्दरवन के 54 द्वीप-समूहों में जंगल की रोमांचकारी दुनिया आबाद है। इनमें से कुछ आबादी वाले द्वीप हैं, जिनमें जनजातीय लोग निवास करते हैं। अपार जलराशि से घिरे सुन्दरवन में जलीय और स्थलीय प्राणियों का एक बड़ा परिवार निवास करता है। जल की बहुलता के कारण यहाँ के वन्य प्राणियों ने अपने आप को जलीय परिस्थितियों के अनुरूप बना लिया है। यही कारण है कि सुन्दरवन में निवास करने वाले अनेक वन्य प्राणियों की सामान्य आदतें या व्यवहार में अन्तर महसूस किया जा सकता है।

सुन्दरी (हिरीटीओरा फाम्स) नामक वृक्ष के बहुतायत में पाए जाने के कारण इस क्षेत्र को सुन्दरवन के नाम से जाना जाता है। सन् 1973 में यहाँ 2585 वर्ग किलोमीटर क्षेत्र में प्रोजेक्ट टाइगर की स्थापना की गई और इसमें से 1330 वर्ग किलोमीटर के कोर क्षेत्र को राष्ट्रीय उद्यान का

दर्जा दिया गया। सुन्दरवन उन पर्यटकों के लिए स्वर्ग है, जो प्रकृति के अपार सौन्दर्य के बीच वन्य जन्तुओं के स्वच्छन्द विचरण को करीब से देखने की चाह रखते हैं।

सुन्दरवन के भ्रमण के लिए शरद और वसन्त ऋतुएँ सबसे अच्छी हैं। इस मौसम की स्फूर्तिदायक हवा और यहाँ का शान्त सुरम्य वातावरण पर्यटन की रोचकता बढ़ा देते हैं। इस दौरान यहाँ हलके ऊनी वस्त्रों की जरूरत पड़ती है। गर्मी के मौसम में आने वाले पर्यटकों को हलके सूती वस्त्र और धूप से बचने के लिए टोपी पहनने की सलाह दी जाती है।

सुन्दरवन पहुँचने के लिए निकटतम हवाई अड्डा कोलकाता है। यह देश के सभी हिस्सों से बोईंग और एयर बस सेवा से जुड़ा हुआ है। कोलकाता से सुन्दरवन पहुँचने के लिए पोर्ट कैनिंग तक की यात्रा ट्रेन से की जा सकती है। यहाँ से आगे सुन्दरवन राष्ट्रीय उद्यान पहुँचने के लिए जल-परिवहन का सहारा लेना पड़ता है। सड़क-परिवहन के जरिए आप बसन्ती सोनाखाली तक पहुँच सकते हैं। यहाँ से आगे पार्क का सफर मोटर-लांच से तय किया जा सकता है। डेल्टाई क्षेत्र होने के कारण सुन्दरवन में भ्रमण के लिए जलीय मार्ग सुलभ है।

नन्दा देवी बायोस्फियर रिजर्व

नन्दा देवी राष्ट्रीय उद्यान भारत के उत्तराखण्ड राज्य में नन्दा देवी पर्वत के आस-पास का इलाका है, जो कि 630.33 वर्ग कि.मी. फैला हुआ है। इसको सन् 1982 में राष्ट्रीय उद्यान घोषित किया गया था। फूलों की घाटी और राष्ट्रीय उद्यान को मिलाकर सन् 1988 में इसे यूनेस्को द्वारा विश्व विरासत घोषित किया गया।

नन्दा देवी राष्ट्रीय उद्यान 630.33 वर्ग कि.मी. के क्षेत्र में फैला हुआ है और फूलों की घाटी राष्ट्रीय उद्यान के साथ मिलकर नन्दा देवी बायोस्फियर

रिजर्व बनाता है, जिसका कुल क्षेत्रफल 2236.74 वर्ग कि.मी. है और इसके चारों ओर 5148.57 वर्ग कि.मी. का मध्यवर्ती क्षेत्र है। यह रिज़र्व यूनेस्को की विश्व के बायोस्फीयर रिज़र्व की सूची में सन् 2004 से अंकित है। इस उद्यान के अंतर्गत नन्दा देवी अभयारण्य आता है, जो कि एक हिमनद घाटी है, जो चारों ओर से 6000 से 7500 मी. ऊँची चोटियों से घिरी हुई है और जिसका जल इस उद्यान के पश्चिम में ऋषिगंगा नामक नदी में बहता है। इस नदी का दर्रा बहुत तंग, खड़ा और अत्यन्त दुर्गम है। समूचे उद्यान की समुद्र-सतह से ऊँचाई 3500 मी. से भी ज्यादा है।

इस अभयारण्य को दो भागों में बाँटा जा सकता है : भीतरी और बाहरी। दोनों को उत्तर, पूर्व और दक्षिण की तरफ से दीवारनुमा ऊँची-ऊँची चोटियाँ घेरे हुए हैं।

साँची का स्तूप

साँची भारत के मध्य प्रदेश राज्य के रायसेन जिले में स्थित एक छोटा-सा गाँव है। यह भोपाल से 46 कि.मी. पूर्वोत्तर में तथा बेसनगर और विदिशा से 10 कि.मी. की दूरी पर मध्य प्रदेश के मध्य भाग में स्थित है। यहां कई बौद्ध स्मारक हैं, जो तीसरी शताब्दी ई. पू. से बारहवीं शताब्दी के बीच के काल के हैं। साँची में रायसेन जिले की एक नगर पंचायत है। यहीं एक महान स्तूप स्थित है। इस स्तूप को घेरे हुए कई तोरण भी बने हैं। ये प्रेम, शांति, विश्वास और साहस के प्रतीक हैं। साँची का महान मुख्य स्तूप मूलतः सम्राट अशोक महान ने तीसरी शताब्दी ई. पू. में बनवाया था। इसके केन्द्र में एक अर्धगोलाकार ईंट-निर्मित ढाँचा था, जिसमें भगवान बुद्ध के कुछ अवशेष रखे थे। इसके शिखर पर स्मारक को दिए गए ऊँचे सम्मान का प्रतीक रूपी एक छत्र था।

इस स्तूप में एक स्थान पर दूसरी शताब्दी ई.पू. में तोड़फोड़ की गई थी। यह घटना शुंग सम्राट पुष्यमित्र शुंग के उत्थान से जोड़कर देखी जाती है। यह माना जाता है कि पुष्यमित्र ने इस स्तूप का ध्वंस किया होगा और बाद में उसके पुत्र अग्निमित्र ने इसे पुनर्निर्मित करवाया होगा। शुंग वंश के अंतिम वर्षों में स्तूप के मूल रूप का लगभग दुगुना विस्तार पाषाण-शिलाओं से किया गया था। इसके गुम्बद को ऊपर से चपटा करके, इसके ऊपर तीन छतरियाँ, एक के ऊपर दूसरी करके बनवाई गई थीं। ये छतरियाँ एक वर्गाकार मुंडेर के भीतर बनी थीं। अपनी कई मंजिलों सहित, इसके शिखर पर धर्म का प्रतीक, विधि का चक्र लगा था। यह

गुम्बद एक ऊँचे गोलाकार ढोल रूपी निर्माण के ऊपर लगा था। इसके ऊपर एक दो-मंजिला जीने से पहुँचा जा सकता था। भूमि स्तर पर बनी दूसरी पाषाण-परिक्रमा एक घेरे से घिरी थी। इसके बीच प्रधान दिशाओं की ओर कई तोरण बने थे। द्वितीय और तृतीय स्तूप की इमारतें शुंग काल में निर्मित प्रतीत होती हैं, परन्तु वहाँ मिले शिलालेख अनुसार उच्च स्तर के अलंकृत तोरण शुंग काल के नहीं थे, इन्हें बाद के सातवाहन वंश द्वारा बनवाया गया था। इसके साथ ही भूमि स्तर की पाषाण-परिक्रमा और महान स्तूप की पाषाण-आधारशिला भी उसी काल का निर्माण है। आगे की शताब्दियों में अन्य बौद्ध और हिन्दू निर्माण भी जोड़े गए। यह विस्तार बारहवीं शताब्दी तक चला। मंदिर सं. 17 संभवतः प्राचीनतम बौद्ध मंदिर है, क्योंकि यह आरम्भिक गुप्त काल का लगता है। इसमें एक

चपटी छत के वर्गाकार गर्भगृह में द्वार मंडप और चार स्तंभ हैं। आगे का भाग और स्तंभ विशेष अलंकृत और नक्काशीकृत है, जिनसे मंदिर को एक परंपरागत छवि मिलती है।

हुमायूँ का मकबरा

हुमायूँ का मकबरा इमारत-परिसर मुगल वास्तुकला से प्रेरित मकबरा स्मारक है। यह नई दिल्ली के दीनापनाह अर्थात् पुराने किले के निकट निजामुद्दीन पूर्व क्षेत्र में मथुरा मार्ग के निकट स्थित है। गुलाम वंश के समय में यह भूमि किलोकरी किले में हुआ करती थी और नसीरुद्दीन (1268-1287) के पुत्र तत्कालीन सुल्तान केकूबाद की राजधानी हुआ करती थी। इतिहासकार पुरुषोत्तम नागेश ओक मानते हैं कि यह स्थल पहले हिन्दुओं का एक मंदिर परिसर था, जिसे मकबरे में बदल दिया गया। यह मकबरा हुमायूँ की विधवा बेगम हमीदा बानो बेगम के आदेशानुसार 1562 में बना था।

इस भवन के वास्तुकार सैयद मुबारक इब्न मिराक घुइयाथुद्दीन एवं उसके पिता मिराक घुइयाथुद्दीन थे, जिन्हें अफगानिस्तान के हेरात शहर से विशेष रूप से बुलवाया गया था। मुख्य इमारत लगभग आठ वर्षों में बनकर तैयार हुई और भारतीय उपमहाद्वीप में चारबाग शैली का प्रथम उदाहरण बनी। यहाँ सर्वप्रथम लाल बलुआ पत्थर का इतने बड़े स्तर पर प्रयोग हुआ था। 1993 में इस इमारत-समूह को यूनेस्को द्वारा विश्व विरासत स्थल घोषित किया गया।

इस परिसर में मुख्य इमारत मुगल सम्राट हुमायूँ का मकबरा है। हुमायूँ की कब्र के अलावा उसकी बेगम हमीदा बानो तथा बाद के सम्राट शाहजहाँ के ज्येष्ठ पुत्र दारा शिकोह और कई उत्तराधिकारी मुगल सम्राट जहांदर शाह, फर्रुखशियर, रफी उल-दर्जत, रफी उद-दौलत एवं आलमगीर द्वितीय आदि की कब्रें स्थित हैं। इस इमारत में मुगल स्थापत्य में एक

बड़ा बदलाव दिखा, जिसका प्रमुख अंग चारबाग शैली के उद्यान थे। ऐसे उद्यान भारत में इससे पूर्व कभी नहीं दिखे थे और इसके बाद अनेक इमारतों का अभिन्न अंग बनते गए। यह मकबरा मुगलों द्वारा इससे पूर्व निर्मित हुमायूँ के पिता बाबर के काबुल स्थित मकबरे बाग-ए-बाबर से एकदम भिन्न था।

बाबर के साथ ही सम्राटों को बाग में बने मकबरों में दफन करने की परंपरा आरंभ हुई थी। अपने पूर्वज तैमूर लंग के समरकंद (उज्बेकिस्तान)

में बने मकबरे पर आधारित यह इमारत भारत में आगे आने वाले मुगल स्थापत्य के मकबरों की प्रेरणा बनी। यह स्थापत्य अपने चरम पर ताजमहल के साथ पहुँचा।

कुतुब मीनार

कुतुब मीनार दिल्ली शहर के महरौली भाग में स्थित, ईंट से बनी विश्व की सबसे ऊँची मीनार है। इसकी ऊँचाई 72.5 मीटर (237.86 फीट) और व्यास 14.3 मीटर है, जो ऊपर जाकर शिखर पर 2.75 मीटर (9.02 फीट) हो जाता है। इसमें 379 सीढ़ियाँ हैं। मीनार के चारों ओर बने अहाते में भारतीय कला के कई उत्कृष्ट नमूने हैं, जिनमें से अनेक इसके निर्माण-काल सन् 1193 या पूर्व के हैं। यह परिसर यूनेस्को द्वारा विश्व धरोहर के रूप में स्वीकृत किया गया है।

भारतीय पुरातत्व सर्वेक्षण विभाग के अनुसार, इसके निर्माण-पूर्व यहाँ सुन्दर 20 जैन मन्दिर बने थे। उन्हें ध्वस्त करके उसी सामग्री से वर्तमान इमारतें बनीं। अफगानिस्तान में स्थित जाम की मीनार से प्रेरित एवं उससे आगे निकलने की इच्छा से दिल्ली के प्रथम मुस्लिम शासक कुतुबुद्दीन ऐबक ने कुतुब मीनार का निर्माण सन् 1193 में आरम्भ करवाया, परन्तु केवल इसका आधार ही बनवा पाया। उसके उत्तराधिकारी इल्तुतमिश ने इसमें तीन मंजिलों को बढ़ाया और सन् 1368 में फिरोजशाह तुगलक ने पाँचवीं और अन्तिम मंजिल बनवाई। ऐबक से तुगलक तक स्थापत्य एवं वास्तु शैली में बदलाव यहाँ स्पष्ट देखा जा सकता है। मीनार को लाल बलुआ पत्थर से बनाया गया है, जिस पर कुरान की आयतों की एवं फूल-बेलों की महीन नक्काशी की गई है। कुतुब मीनार पुरातन दिल्ली शहर ढिल्लिका के प्राचीन किले लालकोट के अवशेषों पर बनी है। ढिल्लिका अन्तिम हिन्दू राजाओं तोमर और चौहान की राजधानी थी। इस मीनार

के निर्माण के उद्देश्य के बारे में कहा जाता है कि यह कुव्वत-उल-इस्लाम मस्जिद से अजान देने, निरीक्षण एवं सुरक्षा करने या इस्लाम की दिल्ली पर विजय के प्रतीक रूप में बनी। इसके नाम के विषय में भी विवाद है। कुछ पुरातत्वशास्त्रियों का मत है कि इसका नाम प्रथम तुर्की सुल्तान कुतुबुद्दीन एबक के नाम पर पड़ा, वहीं कुछ यह मानते हैं कि इसका नाम बगदाद के प्रसिद्ध सन्त कुतुबुद्दीन बख्तियार काकी के नाम पर है, जो भारत में वास करने आए थे। इल्तुतमिश उनका बहुत आदर करता था, इसलिए कुतुब मीनार को यह नाम दिया गया। इसके शिलालेख के अनुसार, इसकी मरम्मत फिरोज शाह तुगलक और सिकंदर लोधी ने करवाई। मेजर आर. स्मिथ ने इसका जीर्णोद्धार 1829 में करवाया था।

भारत की पर्वतीय रेल

कई रेलवे भारत के पहाड़ी क्षेत्रों में कई जगह रेलवे व्यवस्था की गयी थी। सामूहिक रूप से इसे भारत की पर्वतीय रेलवे के रूप में जाना जाता है। इन रेलों में से चार अभी भी चल रही हैं एवं इन्हें यूनेस्को विश्व विरासत में शामिल किया गया है।

नीलगिरि पर्वतीय रेल

नीलगिरि पर्वतीय रेल से यात्रा करने पर नीलगिरि के शानदार दृश्य देखने को मिलते हैं। नीलगिरि पर्वतीय रेल भारत के राज्य तमिलनाडु में स्थित एक रेल-प्रणाली है, जिसे 1908 में ब्रिटिश राज के दौरान बनाया गया था। शुरुआत में इसका संचालन मद्रास रेलवे द्वारा किया जाता था। इस रेलवे का परिचालन आज भी भाप-इंजनों द्वारा किया जाता है। नीलगिरि पर्वतीय रेल नवगठित सलेम मण्डल के अधिकार-क्षेत्र में आता है। जुलाई 2005 में यूनेस्को ने नीलगिरि पर्वतीय रेल को दार्जिलिंग हिमालयी रेल के विश्व विरासत स्थल के एक विस्तार के रूप में मान्यता दी थी और तब

से इन्हें संयुक्त रूप से 'भारत की पर्वतीय रेल' के नाम से जाना जाता है। इसे यह मान्यता मिलने के बाद इसके आधुनिकीकरण की योजना का परित्याग कर दिया गया। पिछले कई वर्षों से कुन्नूर और उदगमंडलम के बीच के खंड पर भाप के इंजनों के स्थान पर डीजल इंजनों का प्रयोग किया जा रहा है।

दार्जिलिंग हिमालयी रेल

दार्जिलिंग हिमालयी रेल, जिसे टॉय ट्रेन के नाम से भी जाना जाता है, भारत के राज्य पश्चिम बंगाल में न्यू जलपाईगुड़ी और दार्जिलिंग के बीच चलने वाली एक छोटी लाइन की रेलवे प्रणाली है। इसका निर्माण 1879 और 1881 के बीच किया गया था और इसकी कुल लंबाई 78 किलोमीटर (48 मील) है। इसका उन्नयन (ऊँचाई) स्तर न्यू जलपाईगुड़ी में लगभग 100 मीटर (328 फीट) से लेकर दार्जिलिंग में 2,200 मीटर (7,218 फुट) तक है।

इसकी अनुसूचित सेवाओं का परिचालन मुख्यतः चार आधुनिक डीजल इंजनों द्वारा किया जाता है, हालाँकि दैनिक कुर्सियांग-दार्जिलिंग वापसी सेवा और दार्जिलिंग से घुम (भारत का सबसे ऊंचा रेलवे स्टेशन) के बीच चलने वाली दैनिक पर्यटन-गाड़ियों का परिचालन पुराने ब्रिटिश निर्मित बी श्रेणी के भाप इंजन, डीएचआर 778 द्वारा नियंत्रित किया जाता है।

कालका-शिमला

ब्रिटिश शासन की ग्रीष्मकालीन राजधानी शिमला को कालका से जोड़ने के लिए 1896 में दिल्ली-अंबाला कंपनी को इस रेलमार्ग के निर्माण की जिम्मेदारी सौंपी गई थी। समुद्र-तल से 656 मीटर की ऊँचाई पर स्थित कालका (हरियाणा) रेलवे स्टेशन को छोड़ने के बाद ट्रेन शिवालिक की पहाड़ियों के घुमावदार रास्ते से गुजरते हुए 2,076 मीटर ऊपर स्थित शिमला तक जाती है। दो फीट छह इंच की इस नैरो गेज लेन पर नौ नवंबर 1903 से आज तक रेल यातायात जारी है।

लाल किला

दिल्ली के किले को लाल किला भी कहते हैं, क्योंकि यह लाल रंग का है। यह भारत की राजधानी नई दिल्ली से लगे पुरानी दिल्ली शहर में स्थित है। यह यूनेस्को विश्व विरासत स्थल में चयनित है।

लाल किले का मुख्य द्वार लाहौर द्वार कहलाता है। इसी किले पर भारत का राष्ट्रीय ध्वज स्वतंत्रता के क्षण से शान से फहराता है।

लाल किला एवं शाहजहाँनाबाद का शहर मुगल बादशाह शाहजहाँ द्वारा 1639 ई. में बनवाया गया था। लाल किले का अभिन्यास फिर से किया गया था, जिससे इसे सलीमगढ़ किले के संग एकीकृत किया जा सके। यह किला एवं महल शाहजहाँनाबाद की मध्यकालीन नगरी का

महत्वपूर्ण केन्द्र-बिन्दु रहा है। लाल किले की योजना, व्यवस्था एवं सौन्दर्य मुगल सृजनात्मकता का शिरोबिन्दु है, जो कि शाहजहाँ के काल में अपने चरम उत्कर्ष पर पहुँची। इस किले के निर्माण के बाद कई विकास-कार्य स्वयं शाहजहाँ द्वारा किए गए। विकास के कई बड़े पहलू औरंगजेब एवं अंतिम मुगल शासकों द्वारा किए गए। लाल किला मुगल बादशाह शाहजहाँ की नई राजधानी शाहजहाँनाबाद का महल था। यह दिल्ली शहर की सातवीं मुस्लिम नगरी थी। उसने अपनी राजधानी को आगरा से दिल्ली बदला, अपने शासन की प्रतिष्ठा बढ़ाने हेतु, साथ ही अपनी नए-नए निर्माण कराने की महत्त्वाकांक्षा को नए मौके देने हेतु भी। इसमें उसकी मुख्य रुचि भी

थी। यह किला भी ताजमहल की भाँति ही यमुना नदी के किनारे पर स्थित है। उसी नदी का जल इस किले को घेरकर खाई को भरता था। इसके पूर्वोत्तरी ओर की दीवार एक पुराने किले से लगी थी, जिसे सलीमगढ़ का किला भी कहते हैं। सलीमगढ़ का किला इस्लाम शाह सूरी ने 1546 में बनवाया था। लालकिले का निर्माण 1638 में आरम्भ होकर 1648 में पूर्ण हुआ। पर कुछ मतों के अनुसार इसे लालकोट का एक पुरातन किला एवं नगरी बताते हैं, जिसे शाहजहाँ ने कब्जा करके यह किला बनवाया था। लालकोट हिन्दु राजा पृथ्वीराज चौहान की बारहवीं सदी के अन्तिम दौर में राजधानी थी। 11 मार्च 1783 को सिखों ने लालकिले में प्रवेश कर दीवान-ए-आम पर कब्जा कर लिया था। लाल किले के सम्पूर्ण विन्यास में कई मूलभूत बदलाव ब्रिटिश काल में 1857 के प्रथम स्वतंत्रता-संग्राम के बाद किए गए थे। ब्रिटिश काल में यह किला मुख्यतः छावनी के रूप में प्रयोग किया गया था। बल्कि स्वतंत्रता के बाद भी इसके कई महत्त्वपूर्ण भाग सेना के नियंत्रण में 2003 तक रहे।

आज लाल किला देखने के लिए हजारों पर्यटक यहां प्रतिदिन आते हैं एवं जल्द ही यह उस रूप में दिखाई देगा, जैसा मुगल काल में था, क्योंकि ब्रिटिश काल के निर्माण इससे हटाने की योजना है।

●●●

प्रश्नोत्तरी

1. विश्व धरोहर स्थल का दर्जा कौन-सी संस्था देती है?

   (अ) यूनेस्को (ब) भारत सरकार

   (स) युवा विकास परिषद (द) विश्व संस्थान

2. अजंता की गुफाएँ किस राज्य में हैं?

   (अ) असम (ब) यूपी

   (स) हरियाणा (द) महाराष्ट्र

3. आगरा का किला किस निर्माण-सामग्री से बना है?

   (अ) पत्थरों से (ब) सीमेंट से

   (स) ईंटों से (द) लकड़ी से

4. ताजमहल का निर्माण कब पूर्ण हुआ?

   (अ) 1648 में (ब) 1332 में

   (स) 1947 में (द) 1245 में

5. महाबलिपुरम कहाँ स्थित है?

   (अ) बंगाल की खाड़ी के तट पर (ब) दिल्ली में

   (स) नर्मदा घाटी में (द) कश्मीर में

6. काजीरंगा राष्ट्रीय उद्यान का क्षेत्रफल कितना है?

(अ) 3 हेक्टेयर (ब) 5 एकड़

(स) 430 वर्ग कि.मी. (द) 1 बीघा

7. केवलादेव का पहला नाम क्या था?

(अ) उद्यान (ब) केवलानंद

(स) बौद्ध विहार (द) भरतपुर पक्षी विहार

8. खजुराहो कहाँ स्थित है?

(अ) मध्य प्रदेश में (ब) पाकिस्तान में

(स) दिल्ली में (द) असम में

9. बौद्ध धर्म को किस सम्राट ने अधिक फैलाया?

(अ) अशोक ने (ब) राम ने

(स) चंद्रगुप्त ने (द) अकबर ने

10. हम्पी किसकी राजधानी था?

(अ) शिवाजी की (ब) मुगल साम्राज्य की

(स) राणा प्रताप की (द) विजयनगर साम्राज्य की

उत्तर

1. अ 2. द 3. स 4. अ 5. अ 6. स 7. द 8. अ 9. अ 10. द